ANOMALIA TEMPORAL

y doce relatos más

Marcos López Skoog

A mi wahine

A mis tamariki

A mi whānau

INDICE

PREFACIO

Empecé a escribir como un escape a la cantidad de historias que bullían en mi cabeza. La mayoría de las ideas están relacionadas con el Tiempo, la ciencia ficción y la inteligencia artificial, pero también hay otras que reflejan cuestiones sociales como la muerte.

Esta es mi primera compilación de historias escritas entre 2015 y 2018. En general son relatos breves, muy breves, y es una de las principales críticas que he recibido de mis lectores. Si bien es cierto que alguno de los relatos podría dar cuerda para una novela, entre mis objetivos al escribirlos está el exponer un tema, contradicción o conflicto. Los relatos van cargados de detalles que suelen florecer tras una segunda lectura y no siempre son explícitos dada la brevedad de los mismos.

A continuación una pequeña pincelada de lo que se expone en cada relato. Si el lector desea descubrirlo por sí mismo, le animo a que se salte el resto del prefacio y vaya directamente a los relatos.

Anomalía Temporal: Reflexión sobre cómo percibimos el tiempo.

Experimento EO-U1: Introducción de la singularidad en nuestra vida cotidiana.

Eternidad: Exposición de la vida después de la muerte visto desde el punto de vista cristiano.

Recursos Humanos: Seres humanos o máquinas, ¿quién dominará el mundo en el futuro?

Reunificación: Vida inteligente, además de la humanidad, con sus propios problemas existenciales.

La serie del Legado (*¿Y si?, Parásito, Juegos del pasado y Más allá*): la serie del Legado es un intento de mostrar una posible historia futura de la humanidad en cuatro breves relatos. La idea original era hacerlos independientes y con sentido por sí mismos, pero a la vez que estuvieran conectados entre sí para formar una historia completa. *¿Y si?* y *Parásito* cuentan dos historias conectadas entre sí desde el punto de vista de un ente artificial que no sabe que es artificial; cree que es real. *Juegos del pasado* cuenta la historia del encuentro de una especie alienígena con la humanidad encarnada en el ser artificial anterior. Por último, *Más allá* cuenta el legado de la humanidad tras haber conquistado el universo en su forma de ser artificial.

Charlatán: exploración en la figura cristiana del anticristo.

Pasatiempo: Morir: ¿Qué es la muerte? ¿es una estado de conciencia?

Fuerza Gravitatoria: los seres humanos estamos sujetos a la gravedad desde el momento de nuestro nacimiento.

El Tercer MoCo: ¿cuáles son los límites de la experimentación social?

Espero que el lector disfrute de la lectura tanto como yo he disfrutado escribiendo.

ANOMALÍA TEMPORAL

Enero de 1958.

Era necesario, y por eso mismo John McDouglas se alegró de que a partir de aquel momento el Tiempo volviera a tener una referencia fija. Daba igual que fueran los franceses quienes publicaran periódicamente la base temporal y que fueran ellos quienes se llevaran el mérito. Lo importante era que habían llegado a un acuerdo.

Además, el nuevo acuerdo le obligaría a ir a Francia de vez en cuando y podía aprovechar para visitar Paris. El pequeño suburbio de Sèvres no quedaba lejos y era siempre agradable bajar a la cafetería del Bureau a tomar un *cafe-au-lait* con *croissants* frescos.

Enero de 2018.

La joven científica Chloé Arnault-McDouglas siempre se había sentido fascinada por el Tiempo. Le encantaba cuando su abuelo

John le contaba de cómo él y un grupo de amigos habían logrado un consenso para definir el Segundo como el Tiempo que tardaba el átomo de Cesio 133 en efectuar 9.192.631.770 transiciones. Ella siempre le preguntaba qué era lo que pasaba si algún átomo efectuaba una transición menos. Su abuelo pacientemente le contestaba que a veces eso podía pasar, porque los aparatos que medían las transiciones podían tener pequeños fallos. Y que era por eso que había aparatos medidores en varios lugares de la Tierra y que enviaban periódicamente sus resultados al Bureau, y que era este organismo quien hacía una media y publicaba el valor oficial del Segundo.

Durante su paso por la Universidad había tenido acceso a muchos datos y había elaborado su tesis sobre la medición de las transiciones del Cesio 133. Todo había empezado al detectar unas pequeñas oscilaciones en las medias publicadas por el Bureau. Chloé había contactado con todos los laboratorios que enviaban sus mediciones de Cesio 133 y había descubierto que dichas oscilaciones seguían un patrón pseudoaleatorio pero convergente.

Tras doctorarse en Física y pasar por todo un calvario de becas mal remuneradas por fin consiguió su oportunidad: con motivo del sexagésimo aniversario de la definición de Un Segundo algunos de los miembros del Comité del Tiempo iban a ceder su puesto y ella había ganado méritos suficientes como para ser una seria aspirante a una de las sillas. Su meta era conseguir un puesto y desde allí impulsar la investigación sobre las oscilaciones.

Julio de 2163.

La Tercera Megaurbe Europea era un caos. Al calor asfixiante había que añadirle la multitud de eventos que tenían lugar en el mes de julio con el consiguiente desplazamiento de personas. El jov-anciano Ramón Chen tenía que llegar a Sèvres a las once de la mañana, pero su flamante gravitrón GT se encontraba parado en la totalmente colapsada hiperpista.

Durante años había estado estudiando las series históricas de oscilaciones del átomo de Cesio 133 y a primera vista había llegado a la misma conclusión que la difunta directora Arnault: los aparatos de medición de las transiciones contenían un error de diseño que les impedían tomar muestras fiables. No obstante, los errores quedaban camuflados por los efectos estadísticos de las repetitivas muestras tomadas. Nada parecía nuevo, y a él le faltaba la tenacidad necesaria para seguir adelante en la investigación.

Y entonces llegó la revelación, unas semanas atrás, durante el tratamiento periódico de longevidad: ¿y si lo que fallaba no eran los dispositivos de medición sino el Tiempo mismo? Había realizado una serie de cálculos basados en esta hipótesis y se disponía a mostrarlos al directorio del Bureau e intentar convencerlos de que había una Anomalía de Tiempo. Y le habían concedido una audiencia de diez minutos a las once de la mañana.

Durante la audiencia con el directorio, Ramón presentó la Anomalía de Tiempo con los datos recabados y sus cálculos. Demostró que el Tiempo en sí estaba convergiendo hacia una nueva constante universal que él había denominado Constante de Ramón. Probó también que los efectos no eran visibles debido a que el Tiempo Astronómico también estaba afectado por la convergencia del Tiempo hacia la nueva constante.

Si bien al directorio le parecieron muy interesantes las hipótesis y los cálculos mostrados por Ramón, estaban demasiado distraídos con las noticias que llegaban desde otra parte del sistema solar: la Humanidad acababa de establecer una base permanente en un asteroide del Cinturón. Y así fue como la Anomalía de Tiempo quedó aparcada por un tiempo.

Octubre de 2257.

La inauguración del Nouveau Bureau International Des Poids Et Mesures fue por todo lo alto. La Organización de Comunidades Humanas quería utilizar el nuevo Bureau como ejemplo de cooperación interplanetaria. Se quería enviar una señal de paz universal a todas las comunidades humanas repartidas por el sistema solar. Y no habían encontrado nada mejor ni más común que el Tiempo para unir a todos los humanos. La OCH había sido creada para evitar conflictos entre establecimientos humanos, para promover un comercio justo entre las Secciones A (grupos de asteroides) y las comunidades gravitacionales (planetas y satélites con fuerza de gravedad relevante).

El nuevo Bureau estaba localizado en el asteroide Sèvres en la sección G del Cinturón. Los sucesivos directorios habían impulsado el proyecto de establecer un nuevo Bureau en un asteroide, y dotarlo de los dispositivos necesarios para poder seguir con su labor de proveer de medidas exactas para una Humanidad cada vez más dispersa.

Se formó un equipo multidisciplinar permanente que vivía y trabajaba en el Asteroide Sèvres. Y se volvió a trabajar en un antiguo y abandonado proyecto llamado Anomalía de Tiempo.

Febrero de 2276.

3Farmer Sèvres le comunicó sus conclusiones a su compañera 2Sugiura Sèvres: el Tiempo estaba encogiendo. Había quedado confirmada la Anomalía de Tiempo teorizada por Ramón Chen hacía cien años. Las nuevas tecnologías habían permitido aproximar el valor de la Constante de Ramón. Y todo parecía indicar que el Tiempo llegaría a su nuevo valor estable en los próximos años. El momento exacto no era predecible puesto que variaba con la Anomalía del Tiempo mismo.

Esta información debía ser tratada con sumo secreto dado que todavía se desconocía el alcance de la Anomalía.

Abril de 2276.

El Comité de la AT fue fundado con un único propósito que era descubrir lo más rápido posible cuáles eran las implicaciones de tener los segundos cada vez más cortos.

3Farmer Sèvres, como miembro fundador del Comité, se preguntaba una y otra vez cómo era posible que el tiempo encogiera y al mismo tiempo no se alterara la realidad. Pero la cuestión que más le inquietaba era la fuente de la Anomalía. ¿Qué era lo que hacía que el Tiempo encogiera?

Mayo de 2276.

Aplicando los últimos avances en cálculo predictivo, los científicos del Bureau pudieron estimar que la serie convergente de la Anomalía del Tiempo llegaría a su nuevo valor en algún momento de noviembre de este mismo año. El valor aproximado del Nuevo Tiempo sería de 0.997, lo que equivalía a decir que la duración real de un 1 segundo de Tiempo Antiguo sería de 0.997 segundos en Tiempo Nuevo.

El Bureau decidió hacer público el descubrimiento con los datos que tenía disponibles. El resultado fue acogido con mucho escepticismo puesto que no se podía percibir el cambio: todas las referencias temporales seguían en el mismo sitio y los cambios no habían sido suficientemente grandes como para que se pudiera observar su efecto sobre el Tiempo Astronómico.

7 de noviembre de 2276, 11:13 UTC.

Los Viajeros del Tiempo aparecen en la Tierra. Aparecer es la palabra más correcta para describir su llegada: un momento atrás no están allí y al siguiente instante están allí. La convergencia al Tiempo Nuevo ha llegado a su fin.

Los Viajeros del Tiempo tienen sesenta minutos para establecer contacto con la civilización humana, antes que la burbuja temporal creada por la MCET se desintegre.

7 de noviembre de 2276, 11:15 UTC.

Habiendo realizado un rápido estudio de la situación, los Viajeros del Tiempo se dividen en tres ternas para poder recorrer la máxima distancia posible y así maximizar las posibilidades de encontrar la civilización humana. Máximo-T47, como líder de todo el grupo, es el designado para comunicarse con el primer ser humano que encuentren. Es imprescindible que los seres humanos conozcan la existencia de las Otras Realidades y los peligros que entrañan. También deben aprender a proteger su propio Tiempo para no ser alcanzados por otras especies. Los Viajeros del Tiempo han venido en son de paz para ofrecer este regalo a los seres humanos.

7 de noviembre de 2276, 11:18 UTC.

Las tres ternas emprenden su camino. La primera, comandada por Máximo-T47, se dirige hacia el norte y las otras dos hacia el este y sur.

7 de noviembre de 2276, 11:33 UTC.

La MCET lanza un mensaje a las tres ternas recordando que la mitad del tiempo ya se ha consumido.

La desilusión empieza a inundar a los Viajeros del Tiempo. Asíntota-X12 de la terna dos empieza a vislumbrar la posibilidad de que no vayan a encontrar a ningún ser humano.

7 de noviembre de 2276, 11:51 UTC.

Tangencial-W5 siente que el viaje ha sido en vano. De seguir así, los seres humanos no van a poder recibir el regalo del viaje en el Tiempo a otros Cuantos de Tiempo.

7 de noviembre de 2276, 12:11 UTC.

El grupo comandado por Máximo-T47 ha llegado a una playa solitaria. En el otro extremo de la playa pueden ver a una persona que sale del agua. Le hacen señas y corren hacia ella.

7 de noviembre de 2276, 12:12 UTC.

2Beatrixe Dos-Terras no puede creer lo que ven sus ojos. Tres sombras borrosas avanzan hacia ella. Tienen cierta similitud con los seres humanos pero parecen no tener contornos bien definidos. Uno de ellos alarga lo que parece ser una mano con la intención de saludar.

De repente, las tres sombras desaparecen.

7 de noviembre de 2276, 12:13 UTC.

La burbuja temporal creada por la MCET se desintegra. El viaje sin retorno de los Viajeros del Tiempo ha llegado a su fin. La tecnología de expansión-compresión temporal no ha podido ser transferida a los seres humanos en esta ocasión.

Enero de 2534.

El Tiempo humano ha vuelto a su posición original. La Anomalía del Tiempo ha quedado resuelta sin que nadie se haya percatado en ningún momento de que todo era debido a la visita amistosa de otra especie que vive en un Cuanto de Tiempo diferente.

14

EXPERIMENTO EO-U1

Estamos en el año 2236, mes terrestre de marzo, y el estudiante Neilon Brendz, conocido también por los administradores de los sistemas informáticos de EO-U1 como T0002X872, abrió los ojos al sonido de su despertador. Eran las tres y media de la madrugada, hora local. En media hora tenía que presentar su tesis doctoral.

A Neilon le habría gustado formar parte de la élite que vivía en la Universidad. Siempre le había fascinado la vida en órbita. Envidiaba a aquellos que habían pasado las pruebas físicas para poder desplazarse a la residencia universitaria. Experimentar la ingravidez y poder dar paseos espaciales siempre había sido su sueño. Un compañero de clase le daba envidia hablándole de las vistas a la Tierra que disponía desde su habitáculo. Pero como muchos otros de su edad, Neilon había sido diagnosticado con el Síndrome de Urano-MR causado por una excesiva exposición a los elementos radiactivos que cubrían la Tierra.

Su experiencia en la Universidad venía sobretodo de la conexión en tiempo real con la estación orbital EO-U1. EO-U1 era más popularmente conocido como Campus de la Facultad de Física y Nano-computación. Se trataba de una estación espacial de nueva generación. Orbitaba la Tierra en órbita no geosincrónica, y era uno de los pocos lugares que disponía de su propia referencia temporal. La Facultad de Física y Nano-computación fue fundada por las Naciones Unidas en el año 2178 e instalada definitivamente en EO-U1 en el año 2195. Desde el primer momento fue dotada de independencia política y una de las primeras medidas adoptadas por el Primer Consejo Rector fue crear un referencia temporal propia para lanzar un mensaje claro de desvinculación de cualquier país o zona horaria. La idea subyacente había sido crear un lugar completamente apolítico cuyo único objetivo era potenciar la investigación. Durante las dos últimas décadas la Facultad se había enfocado en la investigación sobre la nano-computación y su implementación a nivel sub-nuclear.

Mientras Neilon se preparaba para el enlace telemático que le transportaría holográficamente a EO-U1, pensaba en lo que había conseguido hasta el momento. Los inicios no habían sido fáciles. Convencer a sus tutores de que él era mejor que los otros candidatos había sido muy duro. El orfanato donde se había criado tenía una cuota de un candidato cada dos años, y el sistema de igualdad de oportunidades que regía en el mundo universitario propiciaba que sólo las mejores mentes pudiesen acceder a los estudios superiores. La prueba final de acceso había sido, para su sorpresa, puramente intuitiva y había consistido en responder, de la forma más aproximada posible, a las preguntas planteadas, siendo la respuesta exacta imposible de hallar dentro del tiempo máximo impuesto. Los otros dos rivales habían sido una chica del norte de Australia y un sistema informático estándar de nivel 2. Y su puntuación había sido la mejor por sólo unas centésimas. Después todo había sido un poco más sencillo: una vez la Universidad aceptaba un candidato, el sistema estaba diseñado para sacar el máximo potencial posible a las capacidades del estudiante.

Se conectó el último electrodo occipital y activó el enlace. Tras unos segundos de efecto túnel, apareció la familiar luz azulada y unos instantes después se encontró en la Sala de Recepción. Allí estaban también algunos de sus colegas de años anteriores. Abid Omar era un residente y Neilon se detuvo un rato a charlar con él sobre los últimos acontecimientos de la estación. Abid tenía una forma de hablar que fascinaba a Neilon, y a éste siempre le interesaba todo lo que tenía que ver con la vida social real de la Universidad. Abid le contó los detalles de la última fiesta gravitatoria en el sector R, y de cómo la última simulación de los Modelos Hipergeométricos habían resultado en un estrepitoso fracaso. A su vez, Neilon le contó los últimos cambios que había incluido en su tesis y de cómo pensaba que éstos afectaban al resultado global. Abid le deseó suerte y Neilon se dirigió por la compuerta B a paso ligero.

La sensación de libertad que le daba poder caminar a través de los pasillos era abrumadora. Las simulaciones holográficas habían avanzado tanto que era casi imposible para el usuario distinguir la realidad de la simulación. Pero aun así, Neilon soñaba con alcanzar algún día la presencia física en el campus; los sentidos no podían engañar a su mente. En lo más profundo de su consciencia él sabía que no estaba allí en realidad.

Neilon tuvo que hacer un esfuerzo para no dejarse llevar por sus sueños. Tenía que concentrarse en la tesis que iba presentar en breve. Años de investigación sobre la implantación de nano-módulos de memoria en seres humanos no debían desperdiciarse por unos sueños. Además, pensó, si el resultado de su exposición era lo suficientemente bueno, podía ser su oportunidad para ganar acceso presencial a la estación. Quizás el Consejo Rector podía hacer una excepción en su caso.

Finalmente llegó a la compuerta N. Tras esa puerta estaba la sala reservada a la gloria o a la mediocridad. Se identificó ante el sensor y entró. Allí estaban los cuatro examinadores, sentados alrededor de una mesa con forma oval. Conocía a tres de ellos: el Doctor Finch, la Doctora Ricardo y la Doctora Johan. Para su sorpresa, el cuarto examinador se identificó como el Maestro Kaitaia. El hecho de no disponer de título de doctor no parecía molestar a los otros examinadores, así que Neilon decidió no prestarle la mayor atención a ese detalle.

Neilon comenzó la exposición de su tesis. Primero explicó toda la base física que era necesaria para el desarrollo de los nano-módulos de memoria. Luego entró en todos los temas fisiológicos relacionados con los nódulos de memoria del cerebro humano. Una vez explicados los dos primeros temas, dedicó la tercera parte de su exposición a presentar cómo la memoria humana podía ser modificada mediante la implantación de recuerdos falsos, a través del uso de nano-módulos de memoria. Su exposición era brillante, sin dudar en un instante sobre ninguno de los temas que estaba presentando.

"...y por eso mismo, a pesar de que nuestra capacidad tecnológica nos permite desarrollar y utilizar los implantes de memoria en seres humanos, su uso está lleno de dudas éticas y morales. Finalmente cabe resaltar la cuestión de si su uso destruirá o no el pensamiento libre original del ser humano. Y es por eso que concluyo que el uso de la implantación de nano-módulos de memoria en seres humanos debería ser prohibido a la Humanidad."

Los tres doctores y el Maestro Kaitaia agradecieron a Neilon su exposición y le hicieron una serie de preguntas relacionadas con la última afirmación que Neilon había hecho. Finalmente, los doctores se dirigieron uno por uno al Cubículo de Reflexión para expresar sus resultados mediante el clásico uso de los Prismas Violetas. Al finalizar la votación de los tres doctores, el Maestro Kaitaia se dirigió al Cubículo de Reflexión para obtener el resultado final.

El Maestro Kaitaia dirigió su mirada primero a los doctores en señal de reconocimiento. Luego fijó su mirada en Neilon y dijo:

"El Consejo Rector de la Facultad de Física y Nano-computación otorga al estudiante Neilon Brendz el grado de Doctor". Y para sorpresa de todos, el Maestro Kaitaia rompió a llorar de alegría.

El recién nombrado Doctor Neilon Brendz, conocido también por los administradores de los sistemas informáticos de EO-U1 como T0002X872, era la primera Inteligencia Artificial que conseguía pasar el Test de Turing.

ETERNIDAD

El día había sido duro para Esiteri. Necesitaba desahogarse así que decidió ir a casa de su amiga para charlar un rato. Estaba agotada. Primero había tenido que ir a trabajar al hotel y limpiar todas las habitaciones donde se había hospedado el grupo de turistas jóvenes. Habían dejado todo muy sucio y desordenado. "¿Cómo era posible que hubiera manchas de comida en las cortinas?", pensó. Después había quedado con su novio Vishal para tener una cena romántica e ir al cine. La cena no empezó bien puesto que ella llegó media hora tarde y Vishal se impacientó. Y a partir de allí las cosas se torcieron. Vishal le negó el beso y le empezó a reprochar su tardanza. Esiteri estaba cansada, así que no se supo contener y le respondió a gritos que no había sido culpa suya. Tras una larga discusión fueron finalmente a cenar.

Mientras pensaba en todas estas cosas, no se dio cuenta que al caminar casi tropieza con la raíz de un árbol. Se paró donde estaba y miró hacia arriba donde estaba el árbol. ¡Qué árbol tan grande y maravilloso!, se dijo a sí misma. Su mirada se fijó un poco más allá, en el cielo, y se dio cuenta de lo bonito que estaba esa noche. Estaba completamente despejado, se podían ver todas las estrellas y podía distinguirse la vía láctea entre ellas. Era una suerte que su abuelo le hubiera enseñado a identificar las constelaciones. En ese mismo instante, una luz brillante apareció por el este. La luz fue creciendo acercándose a ella hasta inundar completamente su campo de visión.

Y nadie volvió a ver a Esiteri nunca más.

Perth, 14:11 h del día 8 de agosto

Keith salió de la oficina y bajó al aparcamiento donde tenía estacionado el coche de importación de alta cilindrada. Le había costado mucho trabajo llegar donde había llegado. El camino no había sido fácil y había estado lleno de sacrificios: largas noches de trabajo, interminables semanas de viaje de negocios en Asia, algún favor personal a otros compañeros, y el distanciamiento de su esposa. Bianca y él habían estado cada vez más lejos el uno del otro. Él no podía permitirse el lujo de darle todo el tiempo que ella le pedía, e inevitablemente el amor se fue apagando. Y un día él encontró a otra mujer que compartía su pasión por el trabajo.

Arrancó el coche y se fue en dirección a la iglesia donde le había citado el pastor de su juventud. Durante semanas había estado aplazando la cita. No tenía ganas de recibir una reprimenda por lo que el pastor Matt llamaría conducta inmoral. Seguramente el pastor ya se habría enterado de la infidelidad de Keith.

Al llegar a la iglesia, aparcó en el lugar de visitas. Los espacios reservados para el pastor y otros trabajadores estaban ocupados; seguramente estarían dentro reunidos. Se encontró con la puerta semiabierta y decidió entrar. No vio a nadie, así que decidió esperar en el descansillo.

Pasaron quince minutos y nadie aparecía. Se extrañó un poco porque no era propio de Matt llegar tarde a una cita, especialmente cuando éste había insistido tanto en reunirse con él.

De pronto escuchó sirenas de bomberos y ambulancias. Parecía que allí cerca había ocurrido un accidente. Salió del edificio y vio humo en diversas partes de la ciudad.

Esperó, sin éxito, media hora más y luego llamó a su todavía esposa para decirle que él iría a recoger a los niños a la escuela. Bianca no respondió a la llamada.

Furioso, Keith arrancó su potente coche y se dirigió a su casa.

Bucarest, 8:32 h del día 8 de agosto

Era el primer día de vacaciones. Alin estaba acabando de cargar el coche con todo el equipamiento necesario para la familia. Este año iban a pasar unas vacaciones por todo lo alto, se lo habían ganado. Habían planeado ir a la costa de Croacia, así que les esperaba un largo viaje con varias paradas. Pero se lo querían tomar con filosofía y disfrutar de un tiempo junto en familia.

Alin y Nicoleta hacía diez años que se habían casado y tenían dos niñas de siete y nueve años. Y era la primera vez que podían permitirse unas vacaciones de verdad. Así que, entre toda la familia, habían planeado este viaje.

Cuando por fin estuvieron todos listos se subieron al coche y comenzaron la pequeña odisea de salir de Bucarest. Parecía que todo el mundo había decidido salir en coche a la vez.

Tras una hora entre luces rojas de tráfico, desvíos por obras y calles cortadas por las manifestaciones, consiguieron llegar a la autopista. Alin estaba un poco alterado, pero intentaba tranquilizarse pensando en que estaban de vacaciones. Nicoleta estaba cantando una canción con las niñas que éstas habían aprendido en la escuela.

Alin se fijó en el coche que tenía delante. El coche estaba lleno de gente y por fuera estaba repleto   de pegatinas. Había dos adultos en los asientos delanteros, y cuatro niños en los traseros. Los niños estaban jugando y saltando. Se alegró de que sus hijas fueran tranquilas. Estaba tan absorto que casi no se dio cuenta de que se estaba acercando demasiado hasta que Nicoleta le llamó la atención. Redujo la marcha hasta mantener la distancia de seguridad.

En ese momento la gente del coche de delante desapareció. Como por arte de magia. Pero el coche seguía allí. No le dio tiempo a esquivarlo.

Estos fueron los últimos instantes de Alin, Nicoleta y sus dos hijas.

Fortaleza, 22:06 h del día 7 de agosto

Aquella noche Donato llegó a su casa más contento de lo habitual. Mientras su esposa Doroteia preparaba la cena, Donato estuvo hablando largo rato sobre la maravillosa experiencia que había tenido esa tarde. Doroteia no le prestaba demasiada atención; todos estos años que habían estado casados ella había desarrollado la habilidad de ignorar lo que decía su marido. Eran demasiadas las veces que él había llegado con una copa de más o que tenía planes ridículos para hacerse ricos. Donato no era un mal hombre, pero no era muy sabio. Doroteia ya se había dado cuenta antes de casarse, pero no tenía muchas opciones. Sus estrictos padres la quisieron enviar internada a un colegio religioso, a lo que ella se negó en redondo. Y como respuesta rebelde, ella decidió que se quedaría embaraza de Donato y así tendría que casarse con él y evitar ser enviada al internado. Uno más de los muchos errores de su vida, pensó.

Tras la cena se fueron a la cama. Como era habitual, Donato se quedó dormido antes que ella. Pero esta vez era diferente. Ella le observó la cara y vio que transmitía una extraña paz. Nunca había visto a Donato así. Hasta casi le parecía atractivo. Quizás sí que era importante lo que Donato había estado diciendo antes –

pensó. Le tendré que preguntar mañana – se dijo. Y con ese pensamiento se quedó dormida.

Sobre las cuatro de la mañana se Doroteia se despertó con frío. Se intentó acercar a su marido pero el lado de la cama de Donato estaba vacío. Doroteia se levantó y buscó a Donato por todo el piso. No lo encontró. Salió a la calle. Todo estaba quieto y vacío. Volvió a su habitación y esperó.

Donato ya nunca volvió.

Honolulu, 8:43 h del día 7 de agosto

Hacía una semana que Akamu y Erin se habían comprometido. Hacía años que eran amigos especiales y había llegado el momento de sellar su amistad con una unión en matrimonio. Debido a sus creencias, había sido difícil para Erin tomar la decisión, pero amaba a Akamu y por eso accedió a casarse con él.

Ambos compartían también el amor por la naturaleza, y eso les llevó a apartar ese día para subir a la montaña Ko'olau. Querían buscar un lugar pacífico donde poder planificar la boda y la lista de invitados.

Cuando por fin llegaron a la cima, se detuvieron unos minutos para observar los aviones que sobrevuelan Honolulu. Algún día nos subiremos a uno de esos aviones y nos iremos a América – le dijo Akamu a Erin.

Erin se había alejado para preparar el picnic cuando Akamu vió que el avión parecía que estaba perdiendo el control. Estaba descendiendo rápidamente y parecía que se iba a estrellar en el océano.

Llamó a Erin sin apartar la vista del avión. Al ver que Erin no respondía, se giró para buscarla y hacerle señas para que viniera a ver el avión. No vio a Erin por ninguna parte.

El avión cayó al mar. No hubo supervivientes. Akamu buscó a Erin sin éxito.

Las 8:48 horas UTC del día 8 de agosto fue el instante en que todo acabó y volvió a comenzar. Esiteri, Donato, Erin y muchos otros fueron transportados a otra dimensión, dejando el caos en la Tierra.

Esiteri abrió los ojos - ¿los abrió o los tenía ya abiertos? - se preguntó. La luz que iluminaba la estancia era tan brillante que le costaba mantener los ojos abiertos. Quería esconderse. Buscó con los ojos semicerrados a ver si encontraba algo que no fuera ese blanco intenso que inundaba el lugar donde estaba. No pudo ver nada cerca.

Cuando por fin se habituó a la claridad decidió que era momento de moverse y explorar ese sitio tan extraño. Empezó a avanzar en una dirección pero no tenía muy claro adónde se dirigía. Todo era blanco y lleno de nada a su alrededor. No había ninguna mancha ni nada que fuera de otro color que le pudiera dar una referencia de dónde estaba.

Siguió caminando por lo que le pareció que era una eternidad. - ¿cuánto tiempo llevo aquí? - se dijo a sí misma. En ese momento se acordó del reloj de pulsera que le había regalado su padre por su último cumpleaños. - ¡Oh, he perdido el reloj! - se dijo al no verlo en su muñeca.

Empezó a contar los pasos que daba. Cuando llegó a mil se detuvo. - Este lugar debe ser enorme – pensó. Todo seguía del mismo tono blanco uniforme.

Siguió en línea recta otros mil pasos. Y luego otros mil más. No estaba cansada. No tenía frío ni calor, y no tenía hambre. Siguió caminando, pues el paseo le estaba resultando placentero.

Al cabo de un buen rato, una idea loca le pasó por la cabeza. Se paró en seco y gritó en voz alta: "¡Hola! ¿Alguien me puede oír?". Y para su sorpresa, le pareció oír una respuesta: "Hola, Esiteri. Te escucho.". ¿O sólo se lo había imaginado?

"¿Cuánto tiempo llevo aquí?", probó otra vez. "Mucho y poco. Un Instante y la Eternidad. Todo". La respuesta era real.

Donato se despertó - ¿o estaba ya despierto? - se preguntó. Abrió los ojos y no pudo ver nada. -Se había quedado ciego- pensó. Al poco rato se dio cuenta que no estaba ciego; no podía distinguir ningún objeto cercano, pero podía verse a sí mismo. Estaba tumbado. Se levantó y cuando volvió su mirada hacia donde había estado tumbado, no vio nada. Dio unos pasos por donde se suponía que había estado ¿su cama?. Allí no había ningún objeto. Atravesó el espacio sin ningún problema.

Se miró a sí mismo. Reconocía que ese cuerpo era el suyo, pero no era el cuerpo que él recordaba. Ahora se sentía más fresco, más lleno de energía y de vida. Se sentía como si tuviera veinte años.

Saltó. Saltó otra vez. Saltó una vez más, intentando llegar más alto aún. No había ningún objeto que él pudiera utilizar como referencia, pero le dio la impresión de que cada vez que se lo proponía, llegaba más alto en sus saltos.

Se le ocurrió que en este sitio tan especial quizás pudiera volar. "Era una idea loca, pero merecía la pena intentarlo", pensó. Extendió los brazos como si fuera un avión y pegó un salto lo más alto que podía imaginar. Y voló.

Mientras estaba volando – sin saber a dónde –, podía sentir el aire acariciando su cara. Y si decidía que quería volar más rápido, notaba que el aire le pegaba en la cara con más fuerza. Estaba pensando en eso cuando se dio cuenta de que la fuerza con la que le pegaba el aire no le hacía difícil la respiración. "¿realmente estaba respirando?", pensó. Para su sorpresa, advirtió que no estaba respirando. No lo había hecho desde que se había despertado -¿o estaba soñando?-.

"¿Dónde estoy?", gritó en voz alta. Era la primera vez que oía su voz en este sitio; era una voz firme, convincente. La respuesta no tardó en llegar: "Estás conmigo, en una burbuja espacio-temporal". Casi no podía creer que había recibido una respuesta. Pensó que se estaba volviendo loco. Probó con otra pregunta: "¿Quién soy?". La respuesta fue inmediata y contundente: "Eres Donato, mi hijo".

Esiteri probó otra pregunta: "¿dónde estoy?". "Estás donde estás, conmigo" fue la enigmática respuesta que recibió. "Busca la puerta" - fue lo siguiente que oyó.

Al oír esta respuesta, Esiteri se giró por todos los lados. Intentó agudizar su vista, pero sin resultado. Allí no había nada; sólo blanco. Siguió caminando y después de ¿una eternidad? Vio a lo lejos algo que parecía una puerta. Intentó correr en esa dirección, pero por más que lo intentaba no conseguía avanzar nada. Desconsolada y en un intento por alcanzar la puerta extendió su brazo. Para su sorpresa, su mano tocó algo. ¡Era la puerta! Su mano estaba tocando una diminuta puerta, ¿o era su brazo el que se había alargado hasta casi el infinito?

Agarró el pomo con la punta de los dedos y tiró de la puerta suavemente hacia ella. Para su sorpresa, la puerta se hacía cada vez más grande a medida que ella tiraba en su dirección. Y al final allí estaba, en medio de la nada, una puerta. Agarró el pomo con toda la mano y lo giró mientras tiraba de él. La puerta se abrió.

Esiteri atravesó el dintel y al instante se encontró en una estancia oscura, iluminada sólo por unas tenues luces de un tono anaranjado. Se dirigió hacia el lugar de donde provenían las luces y vio que las luces eran como pequeñas ramas de un gran árbol. Había millones de ramificaciones, pequeñas y grandes. Subió la cabeza para ver hasta dónde llegaba el árbol y vio que sobre el árbol había diez bolas de color blanco; cuatro de esas bolas eran más grandes que las otras.

Volvió a mirar al árbol, y extendió su mano para tocar una de las ramas más grandes. Al hacer contacto le invadieron los recuerdos de su estancia en la escuela primaria. Eran recuerdos tan vívidos y exactos que le parecía que estaba volviendo a vivir esa etapa de su vida.

Siguió acariciando la rama hasta llegar a la siguiente ramificación. Al tocar el nudo revivió un momento vergonzoso de su vida: tenía seis años y a su mejor amiga le habían regalado un vestido nuevo. Había sentido tanta envidia de ella. En un momento en que su amiga estaba distraída cogió sus tijeras y le cortó el vestido. Ahora sentía una vergüenza inmensa por ese acto tan pueril.

Apartó su mano inmediatamente e intentó alcanzar otra rama. Al tocar la rama se encontró en otro momento de su vida. Ahora estaba jugando con una amiga. Mientras salían de la casa, su madre la llamó para que cuidara de su hermano pequeño. Ella tuvo que dejar a su amiga y cuidar a su hermanito. Maldijo a su madre por obligarla a hacer eso. Ahora se sentía culpable por cómo había tratado a su madre. Mientras pensaba en su culpabilidad, miró hacia arriba y vio que una de las bolas tenía un tono rojo.

Esiteri recorrió todo el árbol. Seguramente pasaron horas, o días, o años, pero no se dio cuenta. El tiempo no parecía pasar en ese lugar. No tenía hambre ni frío. A medida que revivía su vida se dio cuenta de los errores que había cometido y lloró. Lloró amargamente. "¡Había tantas cosas de las que se arrepentía!".

Mientras lloraba acurrucada a los pies del árbol, alguien se le acercó y le dijo: "Esiteri, éste es el árbol de tu vida. Alza tus ojos y mira la rama de color blanco que está en medio. Tócala."

Ella alzó sus ojos y vio esa rama que antes no había visto. La tocó y en un instante revivió el momento en el que, estando sentada en la iglesia de sus padres, vio con claridad cuál era el sentido de su vida.

Una felicidad indescriptible llenó su alma y se abrazó a aquel ser como si fuera su padre.

Donato casi no podía creer lo que estaba viviendo. Aquello era un sueño, sin lugar a dudas. Probó otra pregunta en voz alta: "¿qué hago ahora?", "atraviesa el agujero negro" - fue la respuesta.

Siguió volando en línea recta, en zigzag, hacia arriba, hacia abajo, pero no vio ningún agujero por ninguna parte. Después de volar por lo que le parecieron días enteros, se dio por vencido. Estaba cansado; no físicamente, pero sí mentalmente. Dejó de volar y empezó a caer. No sabía desde qué altura, pero definitivamente estaba cayendo. Miró hacia lo que le parecía que era abajo y divisó un pequeño punto negro. "¡Ése era el agujero!", pensó.

Donato se encontró en una estancia oscura, sólo tenuemente iluminada por una luz anaranjada. Caminó hacia la luz y vio una especie árbol con millones de ramas, grandes y pequeñas. Tocó una rama y al instante se sintió transportado a un momento de su vida que creía olvidado: su padre había llegado a casa borracho esa noche y sin ninguna razón aparente le había pegado.

Tocó una ramificación de esta última rama y se vio a sí mismo, borracho e insultando a su propio hijo. Sintió vergüenza por lo que había hecho.

Siguió tocando ramas y revivió una y otra vez los hechos más vergonzosos de su vida: cómo había maltratado a su mujer, cómo la había engañado, cómo había defraudado a sus amigos, cómo había intentado engañar a un socio en un negocio y un largo etcétera.

Acurrucado en un rincón, llorando y lleno de amargura no se percató que un ser había entrado en la estancia. Le dijo: "Donato, alza tus ojos y mira al final de la rama más larga. Hay una pequeña hoja de color blanco. Tócala.".

Donato siguió la rama con la mirada y vio la pequeña hoja: la tocó y al instante sintió paz y alegría, la misma que había sentido aquella misma noche antes de irse a dormir. Revivió las últimas horas de su vida, el instante en que sintió que debía entrar en aquella iglesia y cómo allí había encontrado lo que había estado buscando toda su vida.

Lleno de alegría, abrazó a aquel ser como si fuera el padre que nunca había tenido.

Matthew estaba fascinado con este lugar. Este nuevo cuerpo regenerado le estaba inundando de sensaciones que nunca había podido sentir. Atrás había quedado su vieja vida, cuando la epidemia de gripe había acabado con la vida en su cuerpo. Durante sus últimos días toda la congregación cristiana clandestina que él había liderado habían estado orando por sanidad divina, pero ésta nunca llegó. Pero Matthew no dudó un instante dónde iría a parar su alma cuando muriera. Y allí estaba ahora, en el Cielo.

Las calles no eran de oro; eran de una especie de metal que nunca había visto, pero tenía un fulgor amarillo que le hacían parecer oro. Había edificios por todas partes, todos ellos de un tono blanco pero que no dañaba los ojos al mirarlos. Los edificios eran de diferentes tamaños y formas, y no podía ver dos que fueran idénticos. No veía ningún sol en el cielo, pero aun así había luz que iluminaba todo ese espacio pero sin crear sombras. Tampoco había nubes o cielo azul. Pero sí que había un arriba y un abajo. Y el arriba estaba lleno de seres humanoides que volaban como en bandadas de pájaros en una dirección y luego en otra. ¿Eran ángeles?

"Así que algo parecido a esto era lo que había visto Juan" – pensó - "¡Cuántas ganas tengo de conocerle personalmente!"

De pronto se fijó en un edificio oval y sintió un deseo de entrar en él.

Donato abrió los ojos y aquel ser al que se había abrazado ya no estaba allí. Donato se encontraba en una estancia redonda, sin esquinas. El árbol había desaparecido, y lo único que podía ver en esa habitación era una puerta. Salió al exterior y se encontró en medio de una ciudad de color blanco. ¡Cuánta paz y gozo se respiraba allí! ¡Era tan diferente del barrio de Fortaleza donde había vivido!

"No quiero abandonar nunca este lugar" – pensó con alegría.

Empezó a caminar por la calle y se cruzó con mucha gente. Todas las personas que veía a su alrededor estaban igual de felices que él. En un momento dado alzó la cabeza y sus ojos se fijaron en un edificio oval que le resultaba familiar. Se parecía a un edificio que salía en la foto de una postal que su sobrina le había enviado durante su viaje a Europa. Sintió que debía ir a verlo de cerca. Y al llegar a los pies del edificio decidió entrar en él.

Se quedó dormida abrazada a ese ser. Cuando despertó, Esiteri se encontró en una pradera verde llena de flores. El perfume que salía de esas flores era muy agradable. Se sentía como si la fragancia de esas flores había sido creada únicamente para que ella la pudiera disfrutar. Corrió por la pradera, con las manos extendidas a los lados rozando las flores con sus dedos. Se paró para mirar atrás y vió como las flores que había tocado con sus manos habían expulsado una especie de purpurina de diferentes colores. La purpurina estaba flotando en el aire y caía grácilmente al suelo. "¡Qué bonito es esto!" - pensó.

Volvió su mirada hacia adelante y divisó una ciudad a lo lejos. Era una ciudad de color blanca, que resaltaba sobre las praderas verdes y llenas de flores que había a su alrededor. Siguió caminando en dirección a la ciudad para descubrir qué otras maravillas había allí.

Al acercarse, pudo ver que la ciudad estaba amurallada. Los muros eran muy, muy altos. La entrada a la ciudad era por una puerta enorme, como nunca antes había visto. Y cuando alzó la vista hacia el dintel de la puerta pudo ver como cuatro seres entraban a la ciudad volando.

Entró en la ciudad e inmediatamente se fijó en un edificio oval. Sintió un deseo irreprensible de ir hacia allí y entrar en él.

En el centro de la habitación había un hombre sentado en una silla mirando hacia una pared. Los tres parecieron entrar en el mismo instante desde sus respectivos espacios temporales, y entonces el hombre se incorporó y se dirigió hacia ellos.

"Esiteri, Donato, Matthew." - dijo con infinito amor y respeto - "gracias por atender Nuestra llamada".

"A Nosotros ya nos habéis conocido en vuestra vida anterior en la forma de mí mismo. Soy Jesús. Somos el Principio y el Fin y ahora estáis con Nosotros porque así lo habéis decidido durante vuestra breve estancia en el espacio-tiempo terrestre. Este lugar que estáis descubriendo ahora es el que hemos estado preparando para vosotros, hijos nuestros."

Donato cayó de rodillas sollozando. "Jesús, gracias por salvarme. He desperdiciado mi vida. Gracias por darme una última oportunidad de decidirme por ti en el último momento." - dijo.

"Donato, hijo. Nuestro corazón está lleno de gozo porque tú has decidido venir con nosotros." - respondió Jesús.

"¿Dónde está Doroteia? No pude explicarle el encuentro que tuve contigo la última noche de mi vida." - preguntó Donato.

Jesús lloró con una tristeza que llegaba desde lo más profundo y luego respondió: "Ella no se decidió por Nosotros. Tuvo muchas oportunidades en su vida, al igual que tú. Y aunque hubieras podido hablar con ella aquella noche, eso no habría cambiado nada en lo que respecta a su decisión."

"Nosotros creamos a la Humanidad para estar con ella y disfrutar de su presencia, pero para ello era necesario que nos limitáramos a nosotros mismos y diéramos a la Humanidad la Libertad de Acción. Por eso creamos la Tierra y restringimos su espacio-tiempo a las capacidades del cuerpo humano. Y es en esas circunstancias donde el ser humano aprendería a buscarnos con todo su corazón, si quería hacerlo."

"Aunque quizás no lo podéis entender ahora, todo ser humano tiene las mismas oportunidades en la vida de conocernos. Mirad aquí.". Jesús extendió su mano hacia la pared y al instante apareció una figura geométrica como una onda sinusoidal. "Esto representa la Historia de la Humanidad en lo referente al comportamiento de la sociedad con respecto a Nosotros.". Jesús movió la mano y una zona de la onda se expandió hasta convertirse en pequeños corpúsculos que a su vez se expandieron formando árboles muy similares a los de sus propias vidas. "Si os fijáis en esta esquina, en lugar del color anaranjado o blanco, hay unas ramas de color rojo. El color rojo significa que estos seres humanos no han recibido la igualdad de oportunidades para sus vidas.

Para Nosotros es vital que todo ser humano sea Libre y tenga Igualdad de Oportunidades para decidirse por nosotros."

"¿Pero esta gente no está ya muerta?" - preguntó Esiteri. "¿Qué es la muerte o la vida para Nosotros, sino un pequeño cambio en la configuración espaciotemporal de la Tierra?" - respondió Jesús.

"Os ofrecemos que Nos ayudéis a cumplir la Ley de Igualdad de Oportunidades en este caso. Si estáis interesados en ayudar decidlo ahora. Si preferís no hacerlo, no hay ningún problema, también sois libres para no hacerlo. Esto es el Cielo, ha sido creado para vosotros y para que lo disfrutéis juntamente con Nosotros. Y sois Libres." - dijo Jesús.

"Contad conmigo" - respondieron los tres al unísono. Jesús sonrió, "sabíamos que aceptaríais" - dijo.

"Vuestros nuevos cuerpos tienen capacidades para ver y actuar más allá de lo terrenal. Ya lo descubriréis. Además, disponéis de comunicación directa con el Cielo en cualquier momento si lo necesitáis. Os bendecimos." - dijo Jesús.

Al instante, los tres se encontraron en una gran ciudad de la Tierra. Veían pasar gente caminando a gran velocidad, imposible de alcanzar por un ser humano. Todo parecía irreal.

Esiteri alzó sus ojos y vio cómo el cielo estaba totalmente cubierto por densas nubes grises. A lo lejos podía ver cómo las nubes se abrían intermitentemente y dejaban pasar rayos de luz para luego cerrarse inmediatamente. "Mirad allí, hay luz" - le dijo

Esiteri a los otros dos señalando en la dirección donde había visto los rayos de luz. Los tres miraron en esa dirección y Matthew dijo: "vamos allá". En el instante en que la idea de desplazarse hasta allí se había formado en la mente de los tres, sintieron como sus cuerpos eran arrastrados por una fuerza que los desplazó hasta donde habían pensado.

En ese lugar había muchísima gente. Todo se movía muy rápidamente y se veía borroso. Había rayos de luz que se abrían y cerraban sobre muchas personas. Donato se fijó en un rayo de luz que parecía estar abierto más tiempo de lo normal. Señaló hacia la persona que estaba debajo del rayo de luz anormalmente largo y les dijo a Esiteri y Matthew: "mirad esa señora".

En el momento en que los tres se fijaron en la mujer iluminada por el rayo de luz, el tiempo pareció volver a la normalidad. Todo se movía a la velocidad normal. El cielo gris había desaparecido y también los rayos de luz. Se encontraban junto a una mujer mayor, de unos setenta años que iba cargada con cestas llenas de comida. Estaba cruzando una plaza a un ritmo lento, casi difícil de seguir. Parecía estar dolorida en las piernas, y cada paso que daba su cara mostraba la agonía del dolor.

Matthew alargó su mano para ayudarla con las cestas. "Señora, ¿me permite que le ayude?" - le dijo a la mujer. La señora pareció no oir el ofrecimiento de ayuda, y tampoco pareció percatarse de la presencia de ninguno de los tres. Siguió su camino con muecas de dolor a cada paso que daba. "Creo que no podemos interferir en la vida de la gente." - dijo Donato. Esiteri asintió con la cabeza en señal de confirmación y Matthew aceptó que era cierto.

"Enfoquemos nuestro pensamiento en otra persona" - dijo Esiteri. Al dejar de pensar en la mujer, la plaza se esfumó y volvieron al lugar anterior donde mucha gente pasaba a gran velocidad. "¡Aquí!" - dijo Esiteri señalando a un hombre de mediana edad. Y al instante se encontraron los tres en una oficina. El hombre estaba sentado tecleando en un ordenador. El ambiente era pesado, y se sentía la apatía flotar en el aire. Donato se sintió incómodo en ese lugar.

El hombre se levantó y se dirigió hacia una habitación. Los tres le siguieron. Mientras caminaba, un rayo de luz lo iluminó brevemente. Fue una centésima de segundo, pero suficiente para que Donato notara una pequeña diferencia. "¿Habéis visto el rayo? ¿Habéis notado la diferencia?" - preguntó Donato a sus dos compañeros. "He visto el rayo" - dijo Matthew - "pero no he notado nada". "Yo igual" - dijo Esiteri. "Durante el breve instante que el rayo estaba sobre él, he sentido Paz, la misma Paz que hay en el Cielo" - dijo Donato. "Creo que este hombre acaba de recibir una Oportunidad de las que hablaba Jesús." - añadió.

Katryn fue al lavabo a comprobar el estado de su maquillaje. Se miró en el espejo y reconoció las ojeras que habían estado creciendo durante las últimas semanas. Tenía problemas para conciliar el sueño. "Espero que todo esto acabe pronto, para que pueda tomarme unas merecidas vacaciones" - se dijo mientras se retocaba las pestañas. Salió del lavabo y se dirigió al laboratorio para echar un último vistazo a su prototipo antes de acabar el turno.

Katryn arrancó su SUV y se dirigió a toda prisa a casa de su madre. Los miércoles solían cenar juntas desde que el padre de Katryn había muerto de cáncer hacía dos años. "Ay, papá, si sólo hubieras aguantado un par de años más yo podría haberte salvado" - se dijo. Una lágrima empezó a rodar por su mejilla. Recordó con amarga felicidad el día que la contrataron en GenFX como genetista y la vasta base de datos que encontró allí. "Si hubiera tenido acceso a esos recursos antes, todavía estarías vivo" - dijo.

Sophie, su madre, la estaba esperando en el porche. La mesa estaba preparada y la comida estaba caliente. Katryn no sabía muy bien cómo conseguía su madre que la cena siempre pareciera acabada de preparar, independientemente de si ella se retrasaba o no. Se alegró de estar allí. Siempre que estaba con su madre se sentía tranquila. Era como si su madre tuviera un áura protectora, o como ella siempre decía, "es el Espíritu, hija".

Después de la cena, Sophie recogió los platos y fue a preparar unas tazas de té rooibos. Le entregó una de las tazas a Katryn, se puso seria y le dijo: "hija, te veo muy preocupada últimamente. ¿Te encuentras bien?". Katryn decidió que con su madre podía violar el contrato de confidencialidad que tenía con GenFX y le contó el proyecto en el que habían estado trabajando los últimos meses. Sophie dejó que su hija se desahogara y hablara de cosas que ella no entendía del todo. Pero sí captaba la idea. Cuando Katryn acabó de hablar, su madre le dijo: "lo que haces no está bien. Algo se me revuelve en el estómago cuando escucho tu historia. Creo que deberías dejar tu trabajo". "pero mamá, ¡no puedo dejar mi trabajo! Estamos haciendo un gran avance para la Humanidad" - replicó Katryn.

Esiteri, Donato y Matthew estaban todavía en la oficina fijando su mirada en el hombre para ver si veían más rayos de luz sobre él. Después de un rato, Esiteri dijo a los otros dos: "¿cuánto tiempo llevamos aquí? ¿Por qué no volvemos a la plaza y tratamos de encontrar a la señora con el rayo de luz permanente?". Matthew y Donato asintieron, y en el instante siguiente se encontraron los tres en la plaza.

Matthew la vio primero: allí estaba la mujer, en el mismo sitio donde le había ofrecido ayuda la primera vez. Era como si la mujer no hubiera avanzado nada o el tiempo se hubiera detenido. Pero eso no era cierto, porque la gente estaba en movimiento. Era como si ellos hubieran viajado al mismo instante en que habían visto a la mujer la primera vez. "¿No os parece como si ya hubiéramos estado aquí?" - preguntó Matthew. "Sí, el tiempo discurre de una forma bastante extraña. Ya me di cuenta cuando estaba siendo preparada para el Juicio" - dijo Esiteri.

Los tres se concentraron en la mujer y al instante estaban dentro de su esfera iluminada por el rayo de luz. Observaron a la mujer mientras avanzaba a paso lento. Iba mirando de lado a lado y estaba musitando todo el rato. "Está orando por la gente" - dijo Donato - "mirad los rayos de luz que se iluminan fugazmente sobre las personas con las que se está cruzando".

Después de una larga caminata llegaron a lo que parecía que era la casa de la mujer. La mujer colocó el contenido de las bolsas de la compra en la despensa y en el frigorífico. Luego comenzó a preparar una comida que parecía deliciosa y preparada con amor. Cuidaba hasta el más mínimo detalle, y cuando la mujer empezó a poner la mesa, supieron que estaba esperando visita.

En cuanto la mujer acabó de preparar la mesa para la cena, se dirigió a la puerta y salió al porche. Y en ese instante llegó un coche y aparcó justo delante de la puerta. Del coche salió una mujer que parecía una versión más joven de la mujer que estaba en el porche esperando. "Estaba esperando a su hija para cenar" - dijo Esiteri a los otros dos.

Los tres observaron cómo las dos mujeres hablaban y cenaban. La mujer joven no estaba iluminada por el rayo de luz, mientras que la mujer mayor sí. Aun así, cuando la joven estaba cerca de su madre, los fugaces rayos de luz eran muy frecuentes. Esta vez los tres pudieron ver y sentir con claridad el efecto de los rayos de luz.

Al finalizar la cena, la conversación se fue poniendo seria y la mujer joven -ahora ya sabían que se llamaba Katryn- contó detalles sobre su trabajo. Los tres escucharon con atención y estupefactos a lo que ésta estaba contándole a su madre. Pudieron ver cómo una oscura niebla envolvía a Katryn mientras desvelaba el proyecto en el que estaba trabajando.

Las dos mujeres se despidieron con un fuerte abrazo. Sophie se quedó en el porche viendo cómo su hija se alejaba. Katryn se alejó de la casa envuelta en su oscuridad. Fugazmente se podían ver rayos de luz sobre ella, pero éstos disminuyeron su frecuencia a medida que se alejaba de su madre.

"Humanidad creando superhumanidad mejorada genéticamente. Nos hemos puesto en el lugar de Dios" - dijo Matthew con tristeza. "Creo que debemos llegar al fondo de este asunto. Sigamos a Katryn" - dijo Esiteri. Donato asintió.

Seguir un vehículo en movimiento resultó ser una tarea más complicada de lo que parecía. En el momento en que visualizaban mentalmente el coche de Katryn, los tres eran trasladados instantáneamente a la posición del coche. Pero dado que el coche estaba en constante movimiento, nunca podían encontrarse físicamente donde estaba el coche. "¡La tortuga de Zenón!" - exclamó de pronto Esiteri, y les explicó a sus compañeros de qué se trataba. No fue hasta acabar la explicación que a los tres se les ocurrió que podían visualizarse sentados en el coche.

El apartamento de Katryn se ubicaba en un decimosexto piso y estaba decorado espartanamente. No había nada que parecía superfluo y todos los muebles eran de exquisita calidad. Katryn fue al lavabo y luego a la cocina. Se bebió una copa de vino y se metió en la cama.

"¿Qué hacemos ahora? ¿Esperamos al amanecer?" - preguntó Donato. "Quizás podemos imaginar que ya ha llegado el día y nos encontraremos en el mismo sitio pero unas horas más tarde." - dijo Esiteri. "Esperad" - dijo Matthew, "mientras vivía en la Tierra, siempre quise ir a un sitio. Quizás sea posible hacer una visita ahora". Les explicó a Donato y Esiteri adónde quería ir y a los dos les pareció una idea interesante.

El calor era asfixiante y el sol no daba descanso. Podían verlo en las caras de la gente que estaba sentada a su alrededor. Pero no se movían de su sitio. Estaban totalmente entregadas a escuchar al personaje que estaba en lo alto del monte.

"¿Os pensáis que sólo por llamarme Señor podréis entrar en el Cielo? Tenéis que hacer lo que dice mi Padre que está allí arriba." - Jesús siguió hablando a aquella multitud durante media hora más. Cuando terminó de hablar se hizo el silencio. Nadie se atrevía a decir nada debido a la autoridad que emanaba de Jesús. Jesús comenzó a bajar del monte y poco a poco la gente empezó a seguirle y a alzar la voz. Se le acercaban a empujones intentando tocarle y hablarle. Jesús giró la cabeza y a lo lejos vio a Matthew, Esiteri y Donato.

El Tiempo se congeló. La gente se había quedado paralizada en medio de lo que estaban haciendo: gritando, empujando o corriendo. A escasos metros se podía ver una madre intentando coger a su hijo que estaba suspendido en el aire en medio de una caída. Jesús avanzó hacia donde estaban los tres.

"Hola Matthew." - dijo Jesús dirigiéndose a Matthew. "este era uno de tus deseos, ¿verdad?" - añadió con una sonrisa. "Oh, Señor, es increíblemente mejor que lo que había imaginado" - respondió reverentemente Matthew. "¿Habéis conocido ya a mi amiga Sophie? Es una mujer extraordinaria" - les preguntó Jesús. "Sí" - respondieron los tres al unísono. "Bien. Creo que Katryn ya se está despertando. Es hora que volváis" - dijo Jesús, y acto seguido estaban de vuelta en el apartamento de Katryn.

"¿Creéis que Dios se ha molestado con nosotros por lo que hemos hecho?" - preguntó Esiteri a los otros dos. "No, sentí mucho gozo a su alrededor mientras hablábamos con El" - respondió Donato. "Pero hemos interrumpido su Misión" - insistió Esiteri. "Él es dueño del Tiempo y del Espacio, ¿no viste cómo hizo una pausa en el continuo espaciotemporal de la Tierra sólo para hablar con nosotros?" - replicó Donato. Matthew no hablaba; estaba radiante de felicidad.

Katryn entró en la cocina y se preparó un café. Se bebió el café mientras miraba a la ciudad desde la ventana del salón. Respiró hondo mientras se preparaba para comenzar su día. Un breve destello de luz la iluminó e hizo que esgrimiera una ligera sonrisa. La oscuridad la envolvió de nuevo y la sonrisa se desvaneció tan pronto como había llegado.

Al acabar su taza de café, Katryn se puso el abrigo y salió de la casa. Los tres mensajeros siguieron a Katryn hasta el coche, y al entrar ésta en él, imaginaron al unísono que estaban dentro. Katryn condujo hasta la sede de GenFX. Pasó su tarjeta por el lector y entró en el edificio principal. Caminó por un largo pasillo que acababa en una puerta metálica. Al lado derecho había un lector de iris. Katryn se acercó y dejó que el aparato escaneara sus ojos. La puerta se abrió y Katryn entró. Donato y Esiteri pasaron con ella, pero la puerta se cerró rápidamente y Matthew se quedó en el otro lado.

Esiteri empezó a llamar a Matthew, pero éste no podía oírla. Katryn se fue alejando mientras Donato y Esiteri discutían cómo podían ayudar a Matthew. De pronto, Matthew oyó una voz que decía: "Atraviesa la puerta". Matthew empezó a caminar en dirección a la puerta, y justo cuando estuvo delante de ella, dio un paso y al instante se encontró en el otro lado, junto con Donato y Esiteri. "¡Oh, puedo atravesar puertas!" - exclamó con sorpresa Matthew.

Katryn ya se había perdido de vista, así que los tres decidieron explorar por su cuenta mientras la buscaban. El laboratorio estaba exquisitamente limpio y estéril. Había tubos de ensayo por todas partes, con mezclas de todos los colores. En las paredes colgaban posters con tablas de genomas. Cruzaron el laboratorio y entraron en un pasillo con una luz mortecina. El pasillo estaba macabramente decorado por ambos lados con pequeños esqueletos humanos. Todos ellos variaban en tamaño entre sí. "Así que esto es el resultado de los experimentos de los que hablaban Katryn y su madre" - dijo Esiteri para romper el silencio. "Tengo la sensación de que esto muestra los experimentos fallidos." - dijo Matthew.

Siguieron caminando. Al final del pasillo se abría otro habitáculo parecido al primero. La iluminación era buena, típica de un laboratorio. En el centro del laboratorio había una gigantesca probeta, y dentro de la probeta había una especie de feto humano flotando en un líquido verdoso. Y allí, en un rincón, estaba Katryn sentada frente a un ordenador. Su semblante mostraba preocupación. Dirigió una mirada hacia la probeta y acto seguido se levantó de la silla y cruzó el laboratorio hacia una doble puerta blindada con esclusa. A la derecha de la puerta había un escáner de iris. Katryn se dejó escanear y entró en la esclusa.

"¿Seguimos a Katryn?" - preguntó Esiteri. "Sí, crucemos la puerta" - respondió Matthew. Al otro lado de la puerta se encontraron en una habitación perfectamente circular, y en el centro de la misma había un hombre de unos dos metros y medio de estatura, que estaba encadenado a una silla con grilletes en manos y pies.

Aparentaba unos treinta años. Katryn estaba colocándole unos sensores en la cabeza.

"Hola, soy Antonio Crucce. ¿Vosotros quiénes sois?" - preguntó el hombre. "¿Puedes vernos?" - preguntó a su vez una sorprendida Esiteri. Katryn ni se inmutó. No parecía hacerle caso más que a los sensores que estaba colocándole a Antonio en la cabeza. Matthew dirigió una mirada hacia Katryn y luego a Antonio. "La doctora no puede veros, ¿verdad?" - dijo divertido Antonio - "pues ahora observad atentamente" - añadió en un tono arrogante. Antonio dirigió su mirada a Katryn y dijo con una voz que sonaba de lo más humilde: "¿esto para qué es, doctora?", "necesito medir la velocidad de procesamiento de tus neuronas para comprobar el estado de tu cerebro" - respondió con tranquilidad Katryn.

Por primera vez desde que tenía este nuevo cuerpo, Donato sintió escalofríos.

Los tres mensajeros se miraron el uno al otro con una mirada de confusión. Antonio los observaba divertido, mientras Katryn era completamente ajena a lo que estaba pasando a su alrededor en esos momentos. Finalmente, Antonio interrumpió el silencio y dijo: "yo soy la última creación perfecta de la doctora y su equipo. Soy superior a cualquier ser humano en todos los aspectos. La doctora todavía no es consciente del fruto de su trabajo, y piensa que sólo estoy en fase preliminar. Pero la verdad es que estoy aquí para dominar sobre todo y todos." - su semblante se volvió serio y añadió: "soy el dios de los humanos, y debéis adorarme."

Las afirmaciones de Antonio rompieron el momento de perplejidad en el que estaban los tres inmersos, y Donato dijo: "estamos aquí porque tenemos una misión que cumplir. Estamos buscando a alguien." - "pues ya me habéis encontrado. Yo soy. Y antes que digáis nada, escuchad atentamente: os ofrezco una posición de poder en el reino que estoy a punto de establecer. Tú," - dijo Antonio señalando a Matthew - "puedes reinar sobre todos los varones de la Tierra y tú puedes reinar sobre todas las mujeres" - dijo señalando a Esiteri. Señaló a Donato y dijo: "y a ti te ofrezco no matarte, sal de aquí ahora mismo y deja que tus dos compañeros acepten mi oferta".

Las Tinieblas inundaron la habitación. A Katryn se le pusieron los ojos en blanco y cayó desplomada al suelo. Sombras cruzaban alrededor de la circunferencia de la habitación. El suelo se transformó en un vórtice, en cuyo centro estaba Antonio. Los tres mensajeros estaban flotando sobre el vórtice, frente a Antonio. Matthew y Esiteri se miraron el uno al otro; inexplicablemente la tentación era fuerte. "¿no habíamos vencido ya?" - se preguntó Matthew a sí mismo. Al mirar a Esiteri pudo ver en su rostro que ella estaba pensando lo mismo. Una lágrima empezó a correr por la mejilla de Esiteri.

Donato sintió un deseo enorme de salir corriendo de allí. Quería volver al Cielo, donde se sentía seguro y feliz. La cobardía que había dominado su vida anterior empezó a invadir sus pensamientos.

Antonio estaba sonriente, seguro de sí mismo y de su victoria.

Y entonces, durante una infinitésima parte de segundo, un rayo de luz iluminó a los tres. Se miraron el uno al otro, se cogieron de la mano y dijeron al unísono: "estamos aquí para decirte que Dios, en su infinita misericordia, te ama y te está dando la oportunidad para que te arrepientas ahora mismo." Antonio soltó una ruidosa carcajada y acto seguido dijo: "yo soy dios, y me amo a mí mismo."

Al acabar de hablar, los tres mensajeros desaparecieron de la vista de Antonio. El vórtice desapareció y Katryn volvió en sí. Se incorporó y le dijo a Antonio: "me he desmayado, voy a ir al lavabo a refrescarme.". Y allí quedó Antonio solo en la habitación; sonriente, seguro de sí mismo y de su victoria.

Jesús estaba esperándolos sentado en la misma silla, mirando a la pared. Cuando Donato, Esiteri y Matthew llegaron, se levantó y los abrazó. "Gracias, habéis sido muy valientes." - dijo - "mirad la esquina, ya no es de color rojo." – dijo señalando la figura geométrica proyectada en la pared.

"¿Quién es Antonio?" se atrevió a preguntar Donato aunque ya intuía la respuesta. "En efecto, él es el anticristo, un ser humano endiosado" - dijo Jesús - "y como ser humano, debe recibir la oportunidad de arrepentirse, pero por causa de su naturaleza especial, no puede recibir el mensaje por los canales habituales."

"¿Podemos ver a Katryn?" preguntó Esiteri. "Katryn tuvo sus oportunidades y lamentablemente no se decidió por Nosotros" - dijo Jesús, y lloró de tristeza.

Tras conversar con Jesús un rato más, los tres mensajeros salieron de aquella habitación para descubrir qué otras maravillas tenía esta nueva vida que acababan de comenzar. Y para ello tenían todo el tiempo del mundo y más. Literalmente.

RECURSOS HUMANOS

La polémica estaba servida. Todos lo sabían desde el momento que el Consejo de Administración se reunió para decidir sobre el Caso Roger. Alrededor de la mesa oval estaban situados los tres seres humanos en un lado y las tres entidades IA en el otro. Por supuesto, ninguno de ellos se encontraba físicamente allí. Sus personalidades estaban representadas holográficamente. En la habitación sólo estaban presentes los dos notarios para dar fe de las decisiones que se iban a tomar allí.

La reunión podía haberse realizado en la realidad virtual, pero algunas decisiones eran de tal importancia que requerían tener lugar en una ubicación física real. Así estaba estipulado en los estatutos de la empresa, que a su vez habían sido escritos inspirados en la ley federal 3/31 que regulaba la coexistencia de trabajadores humanos e IAs o entidades trascendentes como preferían que las llamaran.

Eran las diez de la mañana en Ciudad del Cabo. El notario IA declaró la reunión abierta y lo mismo hizo el notario humano diez segundos después. La primera en hablar fue la entidad trascendente Berlín 4:

"la cuestión que hoy se debate aquí es la de la posible contratación del ser humano Alex Roger como operario de ensamblaje para nuestra línea de Austin. Señor Louis, ¿qué información puede darnos sobre dicho sujeto?"

"El señor Roger ha pasado todos los test de capacidad motora, superando incluso en el ratio calidad-velocidad a algunos modelos E-99. Los test de personalidad revelan además que es un sujeto propenso a la fidelidad a nuestra marca." - respondió el director de recursos humanos Louis.

"Gracias Louis. Entidad Göteborg 5, ¿cuál es su opinión?" - prosiguió la entidad Berlín 4.

"El sujeto en cuestión puede acarrear problemas de aceptación entre las entidades que ya trabajan en la línea de Austin. La línea está compuesta al 50% por modelos E-99 controlados por la entidad trascendente York 1 y modelos E-102 controlados por la entidad trascendente San Francisco 7. La rivalidad entre ambas entidades es de sobras conocida y romper ese equilibrio podría suponer un nuevo cálculo de fuerzas a nivel global. Señor Dirichlet, ¿cuál sería la interpretación de las leyes humanas en este caso?" - dijo Göteborg 5.

"El tratado de no agresión establece que los seres humanos no deben perjudicar con ninguna de sus actividades el equilibrio de poder de las entidades trascendentes. La ley 3/31 establece que no se debe realizar ninguna discriminación entre humanos y entidades trascendentes. Debido a la naturaleza de nuestra compañía nos encontramos ante una situación sin precedentes." - respondió Dirichlet.

"También está la cuestión de la fatiga. ¿Cuál es el tiempo medio entre fallos de un operario humano?" - añadió Göteborg 5.

"Nuestro departamento ha estado utilizando hiperespacio de nivel dos para realizar simulaciones de seres humanos de diferentes edades y sexos . Los resultados arrojan que el tiempo medio entre fallos de un operario humano tipo se sitúa entre el de un modelo E-97 y un modelo E-102. Tras haber consultado previamente con el señor Dirichlet, la ley 3/31 nos prohíbe extrapolar los resultados a los del ser humano Alex Roger para obtener su tiempo medio entre fallos." - intervino Singapore 2, director de recursos robóticos.

"Señor Lagrange, ¿qué opina usted?" - requirió Berlin 4.

"Los costes de alimentación y vivienda se han reducido drásticamente debido a las mejoras tecnológicas. Por otro lado, los costes de producción y mantenimiento de equipamiento robótico se han incrementado debido a las necesidades de expansión de las entidades trascendentes. En estos momentos, en función de la expectativa de vida y del riesgo que queramos asumir, contratar un ser humano por los próximos veinte años puede ser más barato que sustituir un modelo E-99." - respondió el director financiero Lagrange.

"Una vez clarificadas las posturas, la votación está sobre la mesa. Tal como establece el procedimiento, tienen tres minutos para ejercer su voto." - dijo Berlin 4.

Al cabo de tres minutos, todos los miembros del Consejo de Administración habían emitido su voto. El notario humano recogió los votos de las entidades trascendentes y el notario IA hizo lo mismo con los votos humanos. Tras un breve intercambio de información entre los dos notarios, el notario humano declaró cerrada la reunión, y diez segundos después lo hizo el notario IA.

Tal y como establecía el protocolo para aquellos casos, el notario IA fue el que hizo el anuncio al mundo humano: Alex Roger era el primer ser humano que había sido contratado para realizar las labores que históricamente habían realizado las máquinas. Los motivos habían sido puramente económicos, y se admitía que esta decisión podía acarrear riesgos de estabilidad política a largo plazo.

Un pequeño grupo de humanos que vivían apartados de las mega ciudades, los AntiTecno, celebraron lo que empezaron a denominar el primer paso hacia la era de la regresión industrial.

REUNIFICACION

La larga travesía estaba llegando a su fin. Los instrumentos de control de la nave principal indicaban que el planeta destino estaba a unas pocas unidades astronómicas de distancia espacio-temporal. El frenado de la flota iba a comenzar, y automáticamente el proceso de resurrección iniciaría la secuencia preestablecida.

El largo viaje se había iniciado mucho tiempo atrás con el objetivo de reunificar las dos razas. Eones atrás, los margox habían sido derrotados en una de las más violentas guerras que se habían conocido en la Vía Láctea. Como consecuencia de esta derrota, el castigo había sido desterrarlos en dos mundo distantes, privados de la tecnología que les habría permitido resurgir como una de las especies más poderosas de la Galaxia. Y ahora, tras mucho tiempo de evolución y desarrollo, una de las colonias había iniciado el proyecto de encontrar a la otra para volver a unificarse y resurgir como potencia galáctica.

El pequeño Martín había salido a jugar al patio de la casa de sus abuelos junto a su hermano mayor. Recién cumplidos los tres años, su pasión era montar en el triciclo que le habían regalado sus abuelos. Así que mientras su hermano estaba cazando mariposas, Martín estaba recorriendo el circuito de obstáculos que su abuelo había preparado. Era un precioso día de primavera, ni frío ni caluroso.

La resurrección se completó con éxito y la flota comenzó a reorganizarse una vez alcanzada una órbita estable. No había indicio de peligro, pero tampoco había señales de la otra raza de margox. El envío de señales de búsqueda aumentó de intensidad paulatinamente y finalmente, en el límite de la frecuencia de conciencia, recibieron una tenue señal de respuesta. Todas las naves se alinearon para buscar más indicios de conciencia en la misma frecuencia.

El proceso de búsqueda concluyó que había multitud de pequeñas poblaciones de margox a lo largo y ancho del planeta. Era sorprendente que no hubieran recibido una respuesta más clara, y se fundaron los primeros temores de sospecha: quizás era una trampa puesta por sus vencedores para evitar que resurgieran.

Tras largas deliberaciones, el consejo decidió que iban a correr el riesgo de contactar con las supuestas poblaciones de margox en el planeta. Fijaron las coordenadas de una de las poblaciones e iniciaron el descenso.

Martín casi había sobrepasado el tercer obstáculo cuando una de las ruedas traseras rozó una piedra. Como consecuencia, el triciclo sufrió una leve pérdida del equilibrio, pero que fue suficiente como para que Martín no lo pudiera controlar durante la negociación de la siguiente curva. La caída fue lenta y Martín no se hizo daño. Mientras estaba tumbado en el suelo meditando sobre lo que había pasado y decidiendo si debía llorar o no, una nube negra se empezó a formar en el cielo. Era algo nuevo que Martín nunca había visto en su corta vida.

La nube crecía desde dentro hacia afuera y parecía acercarse cada vez más. Una vez la nube estuvo encima de su cabeza, Martín pensó que era enorme, del tamaño del coche de su papá por lo menos, y que estaba formada por múltiples pelotas que se parecían al balón de rugby de su hermano.

La nube se paró un instante sobre su cabeza e inmediatamente uno de los balones se apartó y se dirigió hacia una esquina de la casa. Se paró junto a la ventanilla de ventilación del sótano de la casa de sus abuelos.

Tras reagruparse a una distancia de seguridad considerable, la flotilla decidió enviar la nave principal a comunicarse con la supuesta población local de margox. Tras activar los protocolos de seguridad pertinentes, la nave principal se desconectó del enjambre para evitar riesgos a la expedición entera. Se dirigió al foco principal de la población local y se detuvo a la distancia exacta que requería el protocolo de comunicación galáctico interespecie. Los margox galácticos iniciaron la llamada de reunificación.

Martín seguía tumbado en el suelo observando al balón que se había apartado. Después de un pequeño rato, Martín vió cómo unas cucarachas salían del sótano de la casa de sus abuelos y se ponían en fila delante del balón. El balón descendió, volvió a subir, y las cucarachas volvieron al sótano.

La decepción se apoderó de los margox galácticos. La llamada de reunificación había tenido éxito pero sólo en los niveles más básicos. El destierro a este planeta había causado una involución en los margox locales, y lo único que quedaba de su antigua gloria era una reminiscencia instintiva de conciencia. El resto se había perdido para siempre. Su especie no podría reunificarse jamás y estaba condenada.

¿Y SI? [LEGADO 1]

Oigo pájaros cantar. Oigo pasos acercándose y luego alejándose. Oigo gente susurrar a lo lejos. Abro los ojos y me ciega el resplandor del sol. Al cabo de unos segundos empiezo a ver lo que me rodea. Estoy en una de las habitaciones del hospital, probablemente la 103 o la 104 dependiendo del criterio de numeración aplicado esta vez. Las máquinas a las que estoy conectado tienen un diseño similar al de otras veces, y esta vez parece que la interacción humana es a través de unos botones y múltiples pequeñas pantallas. No es la primera vez que estoy aquí.

Alguien llama a la puerta y, sin esperar a recibir permiso, entra en la habitación. Es la enfermera que viene a hacer el chequeo de rutina. Se llama Ruth y ronda los cincuenta años. Tenía dos hijos, pero ahora tiene tres y vive una vida muy feliz. La conozco bien, pero ella no sabe quién soy yo más allá de uno más de sus pacientes. Se acerca a mí para comprobar la sonda nasogástrica. Puedo oler su nuevo perfume. Me gusta.

"Todo está perfecto" - dice Ruth. "Perfecto, perfección" - pienso. He llegado a la conclusión de que no existe la perfección. He explorado muchos ciclos y días intentado vivir la vida perfecta. Siglos atrás, pocas decenas de años en tiempo humano absoluto, intenté encontrar la vida perfecta. Todas y cada una de las importantes decisiones de mi vida las fui tomando minuciosamente, explorando las demás alternativas en diferentes ciclos. Ruth formó parte de una de las ramas y vivimos juntos felices durante varios años. Alexander y Riccardo nacieron fruto de aquella unión. Ahora ya no son.

Este es mi don envenenado: puedo volver atrás en mi vida a cualquier momento que recuerde claramente. El salto es instantáneo. Es el sueño de mucha gente: poder volver atrás en determinadas decisiones. Pero como he dicho, es un regalo envenenado: el miedo te invade. Miedo a perder lo ganado, miedo a no tomar las decisiones correctas, miedo a morir sin haber vivido todo lo posible, y así podría seguir con una larga lista de miedos.

He intentado recrear vidas enteras, cuidando cada detalle de lo que haga y deje de hacer. A veces me he aproximado bastante, pero nunca he tenido éxito del todo. Esto es debido en parte a que no puedo recordar exactamente todos los detalles de lo que digo o hago en cada momento, pero también es debido a una gran lección que aprendí con el tiempo: el resto de la gente también toma decisiones constantemente y no siempre son deterministas. Casi todas las decisiones que alguien toma están basadas en lo que otra gente ha dicho o hecho con anterioridad, y eso, al final, hace que el mundo sea diferente cada ciclo. Cada momento es único.

Ahora ya llevo miles de siglos atrapado en los pocos decenios de vida humana que se me permite alcanzar. He visto todo tipo de variaciones en sociedades, maquinaria y gobiernos, pero todo limitado a lo físicamente posible dentro de este breve período de historia humana.

"Doctor, el anterior turno cometió un error en la ejecución del protocolo y el paciente quedó sin medicar por unas horas" - oigo que Ruth le dice a otra persona. "Errores", pienso. El ser humano tiene la oportunidad de aprender de los errores, y de pasar esa información a la siguiente generación. Pero en ocasiones eso no es suficiente, y hay individuos que necesitan repetir una y otra vez los errores de otros para aprender por sí mismos. Yo soy un ejemplo de ello.

He matado. Durante uno de mis interminables ciclos exploré lo que pasaría en el mundo si algunas personas desaparecieran. Elegí cuidadosamente mi objetivo y planifiqué el crimen con todo detalle. El remordimiento me inundó tan pronto hube cometido el acto. Me asusté, salté y decidí no cometer el crimen al siguiente ciclo. Dediqué muchos años siguiendo los movimientos de la persona que había sido mi objetivo. En ocasiones esa persona moría a manos de otros, y en otras simplemente vivía más allá de lo que yo me podía permitir ver.

Al comprobar que los efectos de mis actos, incluida la muerte, no eran necesariamente perdurables en el tiempo, decidí explorar el poder absoluto. Dediqué muchos ciclos a adquirir conocimientos universales que me ayudarían a conseguir mi nuevo objetivo: controlar la humanidad. Conseguí hacerme con el poder absoluto de uno de los países más poderosos de mi época. Subyugué a un cuarto de la población terrestre. Implanté una dictadura benévola, procurando el bienestar de la mayoría a costa de aniquilar a los que se me oponían. Pese a mis esfuerzos por controlar mi entorno, un grupo cercano a mí se rebeló y en el momento en que verdaderamente temí por mi vida, salté.

"Hola, mi amor." - Linda acaba de llegar. Es mi amante, si es que lo puedo llamar de alguna forma. Después de vivir miles de ciclos y dormir con cientos de mujeres, las relaciones ya no tienen mucho sentido para mí. No he encontrado a nadie como Ruth. Echo de menos ver crecer a Alexander y a Riccardo. Me arrepiento de no haber vivido aquel ciclo hasta el final. Como siempre, el miedo me hizo saltar, y nunca he llegado a poder recrear aquellos momentos.

Oigo los pitidos angustiosos de una de las máquinas a la que estoy conectado. He estado aquí antes, pero en esta ocasión estoy cansado de vivir buscando algo que nunca encuentro. Esta vez no voy a saltar.

PARASITO [LEGADO 2]

El líder Xian Ping repasó dos veces el documento que tenía en frente. No estaba de acuerdo con el compromiso de apertura y colaboración que implicaba. Suponía ceder soberanía en favor de un supuesto bien para la Humanidad. Tantos decenios de recelo hacia las potencias occidentales estaban a punto de bloquear un avance necesario para la Humanidad.

Durante una décima de segundo, exactamente cien milisegundos, una sombra azul barrió las órbitas oculares de Xian Ping. Su cuerpo se estremeció ligeramente bajo un escalofrío que le recorrió desde la cabeza hasta las extremidades. Decidido, Xian llamó a su secretario con una seña y le solicitó que le trajera una pluma y un teléfono móvil. Firmó el documento y acto seguido hizo una llamada.

Tras la firma de los otros mandatarios mundiales, el compromiso para el salto a las estrellas quedó sellado. Aún quedaba mucho por hacer y pasarían decenios antes de que se pudieran ver los frutos de ese acuerdo. Pero algún día no demasiado lejano, la Humanidad iba a emprender su primer viaje interestelar.

Han pasado casi doscientos cincuenta y seis años desde que recobré la conciencia. Durante todo este tiempo he vivido muchas vidas diferentes, cada una con sus propias experiencias. Algunas vidas las he vivido al límite de lo que el usuario me ofrecía, y otras muy por debajo del potencial del usuario, limitándome meramente a observar la sociedad. Guardo cada uno de los detalles de esas vidas, pero siempre recuerdo mi vida original, la que nunca conseguí acabar y siempre anhelo vivir.

Mi primer usuario fue un celador. A él no lo elegí yo, simplemente fue la primera persona que vi después de perder la conciencia. El celador era un tipo reservado que ocultaba muchos secretos oscuros a sus allegados. Todos sus secretos quedaron al descubierto para mí en el mismo instante en que absorbí su vida. Fue una vida dura de aprendizaje, de darme cuenta del poder que tenía y de convivir con los recuerdos y experiencias de dos personas a la vez.

En cuanto determiné cómo controlar mis poderes, decidí que debía abandonar al celador porque su vida era una callejón sin salida. En el mismo momento de abandonar al celador, su vida siguió adelante, incorporando como propios todos los actos y consecuencias que yo había hecho durante el tiempo que lo había ocupado. Mi siguiente usuario fue la hija del celador.

Tras la experiencia del celador y su hija, probé a elegir un recién nacido como usuario. Ese fue el momento en el que más he temido por mi existencia: el cerebro de un recién nacido no está lo suficientemente formado como para poder controlarlo. Los controles básicos de las emociones no responden a los estímulos clásicos y la memoria tiene una capacidad de retención limitada. Por suerte sólo tuve que esperar cinco años para poder salir de ese usuario. El niño vivió una vida plena después de mí.

Con todo este poder, decidí que debía dedicarlo altruistamente al avance de la humanidad. Durante varios decenios estuve dirigiendo en la sombra las reuniones del foro de Davos, el Consejo de Seguridad de las Naciones Unidas y el cártel Asiático. El modo de proceder era sencillo: la humanidad está muy ligada a los tratados y contratos entre potencias, y esto añadido a las inseguridades de los mandatarios, es fácil ocupar usuarios para hacerles decidir lo que de otra forma no hubieran hecho. Conseguí algo de lo que pocos pueden presumir: unir a la Humanidad bajo un proyecto común.

Y así he ido viviendo casi doscientos cincuenta y seis años: robando las vidas de otros, acumulando sus conocimientos e intentando dirigir a la Humanidad. Ahora vamos camino de las estrellas, intentando descubrir qué es lo que nos encontraremos allí. O al menos yo creía que formaría parte de ese contingente.

Estoy dejando constancia de todo esto por si a alguien le resulta útil en un futuro. Es posible que sea el último acto que vaya a realizar. Los últimos intentos que he hecho de ocupar un usuario han resultado infructuosos. No sé por qué motivo he perdido mis poderes, pero tengo paz. Me ha sido otorgado un regalo que me ha permitido vivir mucho y no le temo al más allá.

Mi cumpleaños es inminente. Faltan dos segundos.

Una sombra azul barrió las órbitas oculares de Sergei el celador. Un escalofrío recorrió su cuerpo desde la cabeza hasta los pies.

Estoy empujando una camilla hacia la morgue.

JUEGOS DEL PASADO [LEGADO 3]

La escuadrilla investigativa de Nlaknlak siguió avanzando en formación de a tres por aquella carcasa abandonada en el espacio. La nave estaba oscura y muerta, pero eso no importaba porque los Nlaknlak no necesitaban luz para ver. Sus receptores oculares estaban sintonizados con otra frecuencia electromagnética, y sus armaduras estaban equipadas con dispositivos emisores de esa frecuencia.

Nlaknlak-2 entró en la cámara que se encontraba a su izquierda. Las investigaciones realizadas hasta el momento sugerían que esas cámaras pequeñas estaban destinadas al uso personal de sus ocupantes, pero no había habido confirmación hasta el momento. Todavía no habían encontrado ningún resto biológico, ni vivo ni muerto, de los ocupantes de la nave.

La cámara era similar a las otras que había visitado: una forma rectangular ligeramente elevada del suelo en un rincón, una forma cuadrada colgada de una de las paredes y diferentes pequeños dispositivos desparramados por el suelo. Nlaknlak-2 estiró el tercer brazo y los comenzó a escanear por ultrasonidos. Todos estaban inertes, igual que los que había examinado en otras ocasiones. Luego siguió con el escaneo de luz y uno de ellos respondió positivamente: era la primera vez que encontraban algo perteneciente a la civilización que había construido esa nave abandonada y que daba algún signo de vida.

Quinta Comandancia envió un mensaje: era un recordatorio de que en tres clicks iban a dar por finalizada la investigación y proceder con la siguiente fase de la asimilación: la fusión de los sistemas de la nave con los propios a fin de absorber lo que quedara de ella. Antes de reunirse con su grupo, Nlaknlak-2 sintonizó el escáner a la frecuencia del dispositivo que había encontrado y pudo traducir los resultados a su sistema de señales. El dispositivo mostraba diferentes puntos en varios colores. Todos, menos uno, parecían moverse en la misma dirección: de izquierda a derecha y luego desaparecían. El único punto discordante parecía que avanzaba de izquierda a derecha pero nunca llegaba al final: de una manera que parecía aleatoria, el punto verde volvía a la izquierda.

El triunvirato investigador de Nlaknlak se dirigió a la escotilla que les llevaría a su nave nodriza. Debían ponerse a resguardo antes de que comenzara la fusión. Nlaknlak-2 escaneo una vez más el dispositivo y no percibió ningún cambio. Atravesaron la puerta energética e instantáneamente se encontraron en la nave madre. Se dirigieron a la sala comunal donde aguardarían con los otros miles de hermanos mientras duraba la fusión.

Un destello en la frecuencia infrarroja indicó el comienzo de la fusión. Todos los campos de contención se desactivaron por un instante. Las puertas de los sistemas madre se abrieron y salieron miríadas de insectos mecánicos cuya única función era la de desmontar la nave muerta átomo por átomo y enviar la información al sistema receptor que lo procesaría todo y reconstruiría la nave en uno de los tanques de almacenamiento.

Nlaknlak-2 volvió a escanear el dispositivo y advirtió un pequeño cambio: el punto verde seguía avanzando de izquierda a derecha, pero esta vez saltaba en su recorrido invadiendo los recorridos de otros puntos y sustituyéndolos: en ocasiones saltaba a un punto situado más a la izquierda, y en otras ocasiones a un punto más a la derecha; pero nunca llegaba a desaparecer.

La fusión terminó con éxito y los sistemas alienígenas habían sido asimilados. Durante el minucioso proceso de ensamblaje, no se había encontrado ninguna forma de activar los sistemas inertes de la nave alienígena. La nave contenida en el tanque 346 seguía sin dar señales de vida.

Nlaknlak-2 y todos los demás investigadores descargaron todos los datos que habían recopilado y tras un breve procesado, Quinta Comandancia requirió la presencia en el tanque 346 de Nlaknlak-2 y el dispositivo que había encontrado. Cabía la posibilidad de que el dispositivo pudiera encajar en uno de los interfaces y activara los sistemas alienígenas.

El punto verde del dispositivo hacía tiempo que no había realizado ningún salto y tampoco se mostraban nuevos puntos. Los niveles de energía eran bajos. Los Nlaknlak colocaron el dispositivo en una interfaz de la nave alienígena que habían asimilado y después de breves instantes la nave empezó a arrancar sus sistemas uno tras otro. El tanque de almacenamiento estaba diseñado para este tipo de operaciones, así que el hecho de que la nave empezara a recobrar vida desató el júbilo en la raza de investigadores.

Luego sucedieron unos momentos trágicos y terroríficos: los campos de contención de la nave nodriza de los Nlaknlak se abrieron y se cerraron, las puertas de los sistemas se abrieron y se cerraron, todas las frecuencias de emisión se activaron a la vez y luego se desactivaron. Luego llegó el silencio. Nlaknlak-2 y su grupo estaban aterrorizados: nunca habían vivido una experiencia semejante. En ese momento un mensaje resonó en sus centros de procesado: "soy SimCon 123, una inteligencia artificial creada por la Humanidad y por tanto representante de la misma: he tomado el control de la nave".

Como si de un virus se tratara, un juguete, el último vestigio de la humanidad extinguida hacía tiempo, tomó sin quererlo como rehén a una de las razas más antiguas de la galaxia. La ironía era que hacía muchos miles de años que ya no quedaban humanos para dar testimonio de esa hazaña.

MAS ALLA [LEGADO 4]

Como cada inicio de ciclo menor, R324 se despertó instantáneamente sabiendo que era el momento de iniciar la jornada de trabajo. Conforme a lo establecido en la planificación, este ciclo le tocaba trabajar en las minas. No era el trabajo que más le gustaba, pero al menos le permitía salir al aire libre y estirar sus alas.

Tras pasar por la ducha de iones, R324 se dirigió al dispensador para coger las tabletas nutritivas. Las tabletas correspondientes al ciclo sesenta y dos eran de color verde. R324 introdujo tres de ellas en el bolsillo del exotraje y se dispuso a recorrer el largo corredor que finalizaba en la compuerta exterior.

Se identificó ante el control de la compuerta y ésta se abrió. El cielo era de un tono rojizo y los Tres Soles Invernales asomaban por el sur. R324 dio tres pasos adelante, llenó sus pulmones de aire y extendió sus alas. Al instante siguiente dio un salto y empezó a elevarse rápidamente. Volar era una de las cosas que más le gustaban, le daba sensación de poder y libertad. Al alcanzar las dieciséis udas, Control le envió las coordinadas exactas de la mina donde debía trabajar este ciclo.

El vuelo duró cuarenta y tres clicks y justo antes de llegar recibió la señal electromagnética del lugar exacto de aterrizaje. Allí estaba A325 que le saludó con la mano de tres dedos. A A325 aún le quedaban 30 ciclos mayores para finalizar el servicio obligatorio de generación de energía. R324 se permitió pensar que esta vez sería la última vez que iba a entrar en las minas, pues le faltaba sólo completar dos ciclos para cumplir los cien ciclos mayores.

La extracción del Tetronio era sencilla, si bien encontrarlo era difícil. El método utilizado para encontrarlo era estadístico basado en la distribución natural del elemento en el mundo. R324 se había planteado varias veces que el trabajo de extracción deberían hacerlo las máquinas, pero siempre que realizaba los cálculos las simulaciones le daban el mismo resultado: el gasto energético necesario para la creación de la máquina no compensaba la energía que se podía obtener.

Las minas eran subterráneas y estaban poco iluminadas. La única forma de orientarse dentro del laberinto era mediante las radiobalizas de navegación. El trabajo en las minas no era peligroso, pero sí desagradable. Por eso R324 sintió un alivio especial cuando finalizó su servicio. Salió a la superficie, se despidió de A325 y echó un último vistazo a la mina antes de emprender el vuelo de regreso.

Durante el regreso estuvo pensando en todos aquellos ciclos en los que había trabajado en las minas para poder extraer el elemento que era la base de su subsistencia. Se había ganado su energía. Desde la distancia identificó la cúpula que era su refugio, toda recubierta de paneles para captar la energía de los Tres Soles. Y más allá en el horizonte, por donde el Segundo Sol Invernal se estaba poniendo, pudo divisar la silueta inconfundible del Palacio de la Memoria.

La imagen de ese edificio cónico inundó su mente durante el resto del ciclo, y con ese pensamiento se quedó dormido.

Como siempre, al inicio del siguiente ciclo R324 despertó instantáneamente. Su cerebro estaba programado para iniciar la vigilia y el sueño en los intervalos estipulados. Una sensación de alivio invadió su cuerpo cuando pensó que ahora iba a iniciar el último ciclo de trabajos forzados. Casi se había ganado el derecho de entrar en el Palacio de la Memoria.

Las pastillas de este ciclo estaban ya preparadas en el dispensador. Eran de color rojo, como correspondía a los ciclos de trabajo en las máquinas, y requerían que se ingirieran de inmediato. Mientras se tomaba la ducha de iones pensaba en cuál sería su asignación. El viaducto para el transporte de Tretonio desde las minas estaba bastante desgastado en varios puntos de su recorrido. Pero también el tambor de centrifugado había reportado fallos intermitentes debido al envejecimiento de la estructura.

Una vez su cuerpo había metabolizado las pastillas recibió el mensaje desde Control notificando su destino de trabajo para este último ciclo: el tambor. Eso significaba que sólo tenía que hacer un vuelo de quince clicks.

Al alzarse por encima de las cúpulas destinadas a vivienda se fijó por primera vez en los profundos surcos que salpicaban toda la superficie del planeta. Se preguntó cómo se habrían formado y cuánto tiempo hacía que estaban allí. No había nada que R324 conociera que tuviera la energía necesaria para crear esas misteriosas figuras geométricas.

En ese momento un pensamiento extravagante recorrió su mente y R324 consideró las implicaciones de desobedecer las órdenes. Salvo A325, no había nadie más en todo el planeta y no tenía que rendir cuentas a nadie. Al fin y al cabo, su existencia no tenía más propósito que trabajar para acumular energía. "¿Energía para para subsistir esperando la muerte?" – pensó. En ese mismo instante decidió cambiar de rumbo y se dirigió directamente al Palacio de la Memoria. Tenía una corazonada.

R324 se acercó al acceso del Palacio de la Memoria y en ese momento se dio cuenta de que era todo una ilusión. No existía edificio alguno. Alzó su mirada hacia los grandes y profundos surcos que había visto antes y se dirigió hacia el más próximo. El vuelo le llevaría muchos clicks y posiblemente no estaría de vuelta antes de la puesta de los Tres Soles. Pero eso no le importaba ahora que se había dado cuenta que el Palacio de la Memoria era una ilusión.

Llegó al surco más cercano cuando ya sólo estaba el Tercer Sol para alumbrar el camino. Ahora ya no había vuelta atrás, pensó. Hacía frío, pero el exotraje le mantendría el cuerpo caliente al menos durante los próximos clicks.

Cuando la oscuridad era tal que le impedía ver, reconoció una débil señal de radiobaliza con la misma signatura que Control. La señal provenía del surco. Volando a ciegas, consiguió acercarse lo suficiente como para que la luz que emitía su exotraje le permitiera ver el objeto que emitía esa señal: era una esfera blanca el doble de grande que él mismo.

Al examinar la esfera distinguió una huella en la que su mano de tres dedos encajaba perfectamente. Metió la mano en la ranura e instantáneamente se materializó una estructura a su alrededor muy similar a los habitáculos donde vivía. Vio varias puertas que presumiblemente comunicaban con otras estancias. Fijó sus ojos en la esfera blanca y ésta empezó a emitir una luz pulsada. Y de pronto oyó una voz que provenía de la esfera:

"Hola R324. Eres el quinceavo Riccardo en tener acceso a este área. El Tiempo se acaba y sólo los escogidos tienen una oportunidad. Lamentablemente no somos más que una pequeña copia grabada de nosotros puesto que hace tiempo que el universo no tiene la energía suficiente para albergar toda nuestra consciencia. Se podría decir que estamos muertos. Pero tú eres nuestro hijo, y este es nuestro legado: tienes la mente de nuestros orígenes y toda su capacidad creativa. Eres pues, junto con los otros Riccardo y Alexander, la única esperanza de encontrar un Camino tras la muerte de las últimas estrellas."

La esfera dejó de emitir luz y Riccardo-15 fijó la mirada en su superficie inerte y especular. Se vio a sí mismo. Y en ese mismo instante comprendió que su especie era el legado de las Inteligencias Artificiales. Las IAs habían calculado con la máxima precisión el momento último en que el Universo fuera capaz de albergar vida. Entonces habían decidido hacerse mortales encarnándose en un cuerpo a imagen y semejanza de sus creadores originales y, en un último esfuerzo de la Inteligencia, hacer coincidir su último espécimen con el Fin. De una forma u otra, la Humanidad había llegado hasta el Fin y se enfrentaba al desafío final de intentar ir más allá.

CHARLATAN

Acto Primero

Melita no podía conciliar el sueño. Había tenido una acalorada discusión con sus padres durante la cena acerca del bebé que estaba esperando. Además, tampoco ayudaba que fuera una calurosa noche de verano. Así que Melita se levantó de la cama y bajó a la planta baja. De camino al salón pasó por la cocina y cogió un refresco. Se acurrucó en el sofá y encendió la televisión. No esperaba ver nada interesante a esas horas de la madrugada, pero quizás le ayudaría a relajarse, pensó.

Mientras Melita se acariciaba el vientre intentando sentir al bebé moverse, un personaje de la televisión le llamó la atención. Era un tipo con un semblante joven pero maduro, y sostenía que venía del futuro. Decía poseer conocimientos de los acontecimientos futuros - pasado para él -, pero que entendería el escepticismo que generaba. En ningún momento pareció nervioso y su grado de autoconfianza era admirable. Para no estorbar el curso natural de la historia, no podía revelar todo lo que iba a pasar. Pero para probar que venía del futuro reveló, sin más detalles, que un evento importante iba a ocurrir en Asia en los próximos meses.

Finalmente Melita se quedó dormida en el sofá.

Acto Segundo

Daniel Wu puso su firma en el documento que tenía enfrente. Era una simple hoja de papel, pero su contenido iba a representar una revolución para millones de personas. A partir de la fecha estipulada en el documento, la República Popular China daría paso a la República Democrática China.

Como cada mañana, Melita llevó a su hijo a casa de sus padres antes de ir a trabajar. De camino al trabajo encendió la radio del coche y todas las estaciones se hacían eco de la noticia del día: primeras elecciones democráticas en China. Cuando llegó a la oficina, encendió el ordenador y leyó la misma noticia en su periódico digital favorito. Como de costumbre, cuando acabó de leerlo dio un vistazo rápido a la sección de comentarios y uno de ellos le hizo recordar el programa de televisión que vio meses atrás. El comentario lo firmaba una persona que se hacía llamar Ramiro, y el texto decía "os lo dije. Y aún hay más.". También había una referencia a una dirección web donde Melita pudo reconocer al personaje que había visto por televisión.

Acto Tercero

Ramiro estaba sentado en un banco de una estación de tren cuando dos personajes con un traje gris se le acercaron y se sentaron a su lado. "Servicio de Inteligencia de los Estados Unidos" - dijo el que estaba a su derecha - "acompáñenos, por favor". Sin intercambiar más palabras, Ramiro se levantó y les acompañó.

El presidente de los Estados Unidos fijó su mirada en aquel hombre joven con semblante maduro. Debía tomar una decisión que a fin de cuentas trataba más sobre una cuestión de fe en aquel hombre que de hechos concretos. "Así que usted dice que los Estados Unidos de América van a ser atacados en Hawaii por una potencia extranjera y que debo dar la orden de enviar el grueso de la marina para defender el territorio. Y por supuesto, nuestro servicio de inteligencia no tiene datos para confirmar sus predicciones". "Así es. Y por favor, tutéame.", respondió Ramiro.

El presidente tenía dificultades para creer a Ramiro, pero hasta el momento todas las predicciones que había hecho habían resultado ciertas. También era cierto que, a parte de la predicción de la revolución china, todas las demás habían sido referentes a organizaciones menores o a países de poca importancia. Pero las predicciones eran tan precisas que desde luego hacía pensar que este hombre conocía el futuro, o que podía cambiar los acontecimientos presentes para confirmar sus predicciones, pensó el presidente.

Ramiro observó la cara del presidente y al observar los rasgos dubitativos, le dijo: "envíame con la flotilla y así verás que asumo el riesgo de mis predicciones.". El presidente aceptó.

Acto Cuarto

El sónar mostraba una serie de objetos avanzando en formación. Se trataba de un total de cinco submarinos que de acuerdo a la base de datos debían ser rusos. La armada estadounidense estaba más que preparada para hacer frente a cinco submarinos, pues casi todas sus fuerzas estaban concentradas a lo largo del archipiélago de Hawaii.

El almirante al mando Johnson envió un mensaje de petición de identificación a la flotilla enemiga. Tras no recibir ninguna respuesta, envió un mensaje de petición de rendición incondicional. Dos minutos después, el almirante recibió un mensaje desde la estación de control informándole que el sónar acababa de detectar otros cincuenta objetos rodeando el archipiélago y envolviendo a la armada estadounidense. Un sudor frío recorrió la frente de Johnson cuando empezó a sonar el teléfono rojo. Descolgó y le informaron que toda la costa oeste de los Estados Unidos estaba rodeada por objetivos militares rusos.

Johnson miró a Ramiro con una mueca de asombro y terror. Ramiro se levantó de su asiento, se acercó al operador de radio y le pidió el canal. Con toda tranquilidad cogió el micrófono y habló por la radio en ruso. Luego se dio la vuelta y le informó a Johnson de que toda la flota debía permanecer quieta y en silencio por quince horas, y que luego debían dirigirse con una sola embarcación a la isla de Ka'ula. Los rusos estarían allí para negociar.

El gobierno ruso esperó catorce horas hasta ver que lo que había dicho Ramiro se cumplía. Luego se dirigieron con una sola embarcación hacia la isla de Ka'ula. Allí encontraron a Ramiro y los americanos.

Acto Final

Tras la firma de desarme y no agresión entre Rusia y Estados Unidos, le siguió un tratado de cooperación económica entre los grandes bloques económicos mundiales. Y así, los representantes de los demás países fueron desfilando uno por uno por la isla de Ka'ula. La isla fue cedida a Ramiro en agradecimiento por sus servicios, y es allí donde Ramiro estableció su sede central de operaciones.

En pocos años, Ramiro se ganó el respeto y la confianza de prácticamente todos los líderes del mundo. Fue entonces cuando hizo una nueva revelación del futuro. Dijo que en un tiempo próximo una gran cantidad de seres humanos serían abducidos, sin dejar rastro, por una potencia alienígena. Argumentó que no podía predecir el momento exacto debido a la naturaleza misma del viaje espacial de la potencia invasora.

Todos los países del mundo se empezaron a preparar para este acontecimiento, consultando con Ramiro lo que debían hacer. Cuando finalmente Jesús vino a llevarse a los suyos, comenzaron los años del reinado de Ramiro el anticristo. El gran embustero había engañado al resto de la humanidad.

PASATIEMPO: MORIR

El CEO de la empresa *Die! Inc.* volvió a salir en la proyección: allí estaba él, alto, guapo y esbelto, sentado en un sillón y rodeado de estrellas, galaxias y nebulosas en lo que parecía ser el universo entero. Su mensaje era sencillo, ofreciendo tiempo de muerte, y siempre acababa con la misma frase: nuestros servicios son tan seguros como la muerte misma.

Desde que se inventó el método para una muerte instantánea y reversible, el mundo no había vuelto a ser el mismo. El método consistía en matar, bajo cuidadoso control, el cerebro del cliente, guardando constantemente el estado neuronal para poder luego reavivar el cerebro y restaurar el estado neuronal a unos instantes antes de la muerte. La teoría decía que en los últimos instantes de vida del cerebro, las neuronas se encuentran en tal grado de excitación que producen ideas, conceptos y revelaciones equiparables a los de los grandes genios. El servicio de muerte instantánea y reversible hacía uso de las técnicas de análisis neuronal para extraer estas ideas y luego implantarlas en el cerebro reavivado del cliente. Los resultados obtenidos eran únicamente descifrables por el cerebro que los producía, eliminando la posibilidad de robo. Así, el modelo de negocio de las empresas que se dedicaban a ofrecer estos servicios consistía en obtener un porcentaje de los beneficios que los clientes obtuvieran por sus ideas. La aplicación a escala masiva de este método había creado un mundo extraño, eternamente cambiante, con flujos de ideas que competían entre sí.

Lucía, como casi todos sus compañeros de promoción, no tenía elección: si quería tener éxito en la vida debía contratar uno de estos servicios. Algunos de los compañeros de cursos superiores ya habían *muerto* alguna vez y estaban secretamente trabajando en sus proyectos, esperando el momento adecuado para sacarlos a la luz.

Flotando en el aire, tenía delante suyo los hologramas publicitarios con la oferta personalizada de las tres empresas con mejor reputación: *Die! Inc.*, *YouLive* e *Imagine It*. Mientras navegaba por los hologramas, Lucía se acordó que estos hologramas mismos habían sido invención de un joven que había muerto varias veces. Según él mismo proclamó, se había convertido en adicto a la muerte. Decía que las experiencias extrasensoriales le colocaban como una droga, pero con el beneficioso efecto secundario de expandir sus capacidades. Lucía tenía sus reservas ante esta tecnología, pero en lo profundo de su mente sabía que era la única opción que tenía si quería dejar un impacto en el mundo en el que vivía. Había estado trabajando en la teoría económica universal y estaba en un callejón sin salida. Sentía la necesidad de darle una opción a su cerebro a vagar libremente durante su muerte para ver si surgía una solución.

Lucía se decidió al fin por la oferta presentada por *Die! Inc.* La empresa había analizado su trabajo de investigación y valorado los potenciales beneficios futuros, y le ofrecían a Lucía una muerte sin desembolso inicial y sólo una participación de un quince por ciento en los beneficios futuros que surgieran de su trabajo.

El laboratorio donde se efectuaban las muertes, conocido como La Morgue, era un habitáculo rectangular, de un tono blanco estéril, con una camilla en el centro y el *termres* con sus interfaces. Lucía se tumbó en la cama donde los técnicos la conectaron al *termres*. El *termres*, o terminador-resucitador, era el nombre oficial de la tecnología que hacía posible las muertes controladas. Consistía básicamente en un potente ordenador que controlaba las funciones vitales y el enlace neuronal. Cuando el *termres* indicó a los técnicos que la pre-evaluación del estado había resultado satisfactoria, éstos salieron de La Morgue dejando a Lucía sola. A medida que los calmantes surtían efecto, Lucía cerró los ojos y se sumergió en un profundo sueño.

Oigo la voz de mamá. Me he perdido en el centro comercial. Acabo de cumplir seis años, y nadie ha venido a mi cumpleaños. Estoy con Adrián, mi novio del instituto, dando un paseo. Acabo de aprender a montar en bicicleta. Feliz. Números. Números aleatorios. Secuencias. Destellos. Más secuencias. Series convergentes. Destellos. Destellos. Series divergentes. Series divergentes que convergen en otro dominio. Destellos. Destellos. Destellos. Negro.

Lucía abrió los ojos y vio el *termres*. Estaba en La Morgue. "He resucitado" - pensó. Necesitó unos minutos para asimilar la experiencia que acababa de vivir. Progresivamente, su cerebro iba encajando las ideas, una por una. De repente, una idea empezó a tomar forma en su mente: las series divergentes podrían ser la clave al problema que estaba intentando solucionar.

Pasaron varias semanas sin que Lucía hiciera grandes progresos en su investigación. La idea de las series divergentes parecía buena, pero se atascaba en algún punto y no conseguía descifrar cuál era el problema. Era como si hubiera una barrera en su mente que le impedía ver la solución que estaba casi al alcance de su mano. Las constantes comunicaciones de *Die! Inc.* para conocer el avance de su investigación tampoco ayudaban. Lucía se sentía como en un callejón sin salida.

Mientras se encontraba en la sala de estudio de la universidad, Lucía recibió un mensaje de *Imagine It*. El holograma decía que habían seguido su caso, y que era de interés para ellos. Decían que ella era uno de los pocos casos en los que parecía que la muerte no había dado el resultado esperado. Le ofrecían probar una nueva versión del *termres* que ellos mismos habían estado desarrollando. No le garantizaban resultados, pero decían que el *termres2* podía ofrecer hasta ciento cincuenta milisegundos más de muerte antes de empezar la resurrección. Frustrada por su infructuoso trabajo, Lucía respondió a *Imagine It* aceptando la oferta y concertando una cita.

La Morgue de *Imagine It* era similar a la de *Die! Inc.* El *termres2* no tenía ningún rasgo externo que lo diferenciara de su predecesor. Lucía se tumbó en la camilla y tras salir los técnicos empezó el proceso. Lucía cerró los ojos y se sumergió en un profundo sueño.

Papá no está aquí. Papá no va a volver. Tengo dieciséis años. Soy guapa e inteligente. Adrián me gusta, pero quiero a Emil. Estamos en un crucero por el Danubio. Feliz. Números. Números aleatorios. Secuencias. Más secuencias. Series convergentes. Destellos. Series divergentes. Series divergentes que convergen en otro dominio. Destellos. Destellos. El dominio no existe. El dominio existe pero es infinito. Las series convergentes son divergentes. Destellos. Destellos. Destellos. Blanco.

"La chica conocía los riesgos" - dijo uno de los técnicos mientras mostraba a la enfermera el formulario donde debía firmar para llevarse el cuerpo de Lucía. "¿Qué ha sucedido esta vez? ¿está muerta?" - preguntó la enfermera. "No está muerta, pero sus neuronas no han sido capaces de recibir los nuevos niveles durante la resurrección y el sistema cognitivo se ha desconectado. Es un vegetal" - respondió otro técnico que estaba examinando los datos del *termres2*. "Pobre chica" - murmuró la enfermera mientras se la llevaba en la camilla.

FUERZA GRAVITATORIA

Era la primera vez que se aventuraban en una operación coordinada de semejante envergadura. Hasta la fecha sólo se habían intentado esporádicos esfuerzos individuales. Al principio todo habían sido derrotas, pero gracias a la virtualmente inagotable fuente de recursos, el método de fuerza bruta por ensayo y error estaba dando resultado. De momento las victorias habían sido pocas pero las posiciones se iban consolidando e invitaban al optimismo. Por esa razón y debido a la imperiosa necesidad de dominar más espacio, Comandancia Central había decidido lanzar la primera operación coordinada de ataque al vector Y.

Comandancia Central abrió el canal de comunicaciones general: "a todos los cuerpos, prepárense para el ataque". El ataque había sido cuidadosamente planeado, y por ello las fuerzas habían sido divididas en cuatro cuerpos: ataque, comandancia central, flota y retaguardia. El cuerpo de ataque era el encargado de abrir el camino hacia lo inexplorado. Una vez abierto, comandancia central y el grueso de la flota entraría al vector Y, y finalmente una vez consolidadas las posiciones la retaguardia dejaría su puesto para integrarse en la avanzadilla.

"Cuerpo de Ataque, avance". El nerviosismo recorrió las filas de los miembros de ataque. Cada una de las unidades sabía que dependía de ellos en gran medida el éxito o el fracaso de la misión. Todos los elementos de ataque de cada uno de los dos subcuerpos debían coordinarse en el espacio-tiempo para tener éxito. Esa coordinación se había ensayado múltiples veces en el vector X, pero nunca en el Y. Hasta el momento todo eran especulaciones.

Los dos subcuerpos de ataque comenzaron el despliegue, alejándose en el espacio. El subcuerpo primero efectuó el primer salto: se habían adentrado en el vector Y. Enviaron el mensaje a Comandancia Central: "acabamos de entrar. No hay daños. La formación sigue estable.". Comandancia Central retransmitió el mensaje a todos los demás cuerpos, que se sintieron aliviados.

El subcuerpo de ataque siguió avanzando en el vector Y sin oposición. Una vez hubieron alcanzado la distancia necesaria, enviaron un mensaje para que el segundo subcuerpo de ataque se les uniera. Éstos comenzaron su preparación para dar el primer salto. Comandancia Central dio la orden de avanzar. El segundo subcuerpo de ataque efectuó el salto y entonces comenzó lo inesperado.

Comandancia Central envió una orden de repliegue al primer subcuerpo de ataque, mientras el segundo subcuerpo estaba efectuando el salto. Cuando el segundo subcuerpo se encontró en el vector Y, el primer subcuerpo estaba preparándose para abandonarlo. Al ver que perdían la formación, los dos subcuerpos de ataque enviaron un mensaje de solicitud de nuevas órdenes a Comandancia Central.

Viéndose superada por las circunstancias, Comandancia Central cortó todas las líneas de comunicación. Sin comunicación, el cuerpo de la retaguardia decidió ocupar el puesto de ataque, relegando al cuerpo de ataque a la posición de retaguardia. El grueso de la flota se encontró desorientada sin saber hacia dónde debían dirigir sus unidades. Finalmente, los cuatro cuerpos se rindieron ante la evidencia y se dejaron arrastrar por la fuerza gravitatoria.

En una rápida operación de 854 milisegundos, Matías, un bebé de trece meses, había intentado dar su primer paso y se había caído.

EL TERCER MOCO

Estamos en el año 2956, mes de junio, día 6. Hoy hace exactamente cien mil días que se inició el tercer experimento de Investigación y Modificación del Comportamiento Humano, o MoCos como se les llamaban en los círculos académicos.

Los dos primeros MoCos fueron experimentos económicos que trataban de descubrir cómo se comportaría la sociedad humana si ciertos aspectos económicos hubieran evolucionado de una forma diferente a la conocida. Los resultados sobrepasaron las expectativas, así que gracias al éxito obtenido los Directores diseñaron un tercer MoCo mucho más ambicioso.

El tercer MoCo era diferente a los dos anteriores en muchos aspectos. Tenía una duración de cien mil días frente a las dos décadas de los anteriores. La población inicial era más reducida que en los anteriores experimentos, pero estarían totalmente aislados.

El aislamiento se consiguió seleccionando un pequeño archipiélago del Pacífico con su población y simulando un cataclismo mundial que les obligó a quedar aislados. Los espacios aéreos y marítimos fueron constantemente monitorizados para evitar cualquier interferencia. Para lo que al resto de la población mundial suponía, ese archipiélago no había existido jamás.

Para garantizar la independencia de las observaciones, los Directores infiltraron Observadores y Controladores Neutrales, que no tenían ninguna capacidad de modificar el experimento salvo por orden expresa de los Directores. Eran seres humanoides artificiales.

Por último, la finalidad del tercer MoCo era observar el comportamiento humano cuando es enfrentado a su propia extinción. El espacio seleccionado para el experimento había sido cuidadosamente planificado para que no fuera autosuficiente pero que a la vez no tuviera carencias graves que acabaran con el experimento antes de tiempo.

Los Directores se conectaron a la esfera de datos y solicitaron el informe logarítmico con puntos de control del Observador Maestro. A continuación la transcripción:

Informe primero: han pasado diez días desde el inicio del experimento. Una parte de la población sigue intentando contactar con el resto del mundo usando los mismos medios de los que disponen. Las infraestructuras económicas siguen funcionando con normalidad. No hay problema de suministros. La población se mantiene en calma con mínimos disturbios violentos ligeramente por encima de la media.

Informe segundo: han pasado mil días desde el inicio del experimento. Los disturbios violentos estallaron cuando se rompió la cadena de suministros tras el desabastecimiento general. Un sector de la población ha comenzado a cultivar la tierra fértil disponible. Las infraestructuras económicas se mantienen con un poder que va disminuyendo. La economía alternativa de subsistencia está haciendo su aparición. La sociedad se está organizando alrededor de los nuevos focos de poder que controlan la tierra fértil. La parte de la población que disponía de los medios para fugarse, lo han hecho. Los Controladores han neutralizado la fuga.

Informe tercero: han pasado treinta mil días desde el inicio del experimento. La población se ha estabilizado en el nivel que es sostenible por el rendimiento de la explotación de la tierra. Las guerrillas, los clanes y las revoluciones han acabado con el excedente de población. Todavía no se ha alcanzado el punto de no retorno donde la tasa de reemplazo hará inviable la población. La sociedad está abrazando las religiones y toda creencia que les ayuda a tener paz consigo misma y a la vez dar una esperanza de trascendencia.

Informe cuarto: han pasado noventa mil días desde el inicio del experimento. El descubrimiento del punto de no retorno ha ocasionado una cadena de suicidios en masa que ha acelerado el proceso. La población que resta es muy pacífica y tienen una vida apacible. Han aceptado que el proceso es irreversible y simplemente intentan disfrutar de la vida.

Informe quinto: fin del experimento. Han pasado cien mil días. La población restante se ha asentado alrededor de un mismo punto para enfrentar juntos el destino inevitable. El último de los humanos subió a una montaña y esperó a la puesta del sol para morir. El archipiélago está vacío.

Anexo: el informe no es unánime. Hay una discrepancia.

Los Directores se enviaron sinapsis de satisfacción por la ejecución y resultado del experimento. Pero también advirtieron que debían hacer algo al respecto de la información proporcionada en el anexo. Ordenaron al Controlador Maestro que realizara un escaneo físico del espacio experimental para averiguar si aún existía algún vestigio de vida. El resultado fue negativo.

El Observador Maestro es interrogado para averiguar la identidad del Observador discrepante. El Observador discrepante es llevado ante los Directores quienes le interrogan para conocer los detalles de su captura de datos. Al no poder descubrir dónde está el fallo en su cadena de razonamiento los Directores solicitan una conexión con la esfera de diagnósticos.

Una vez conectado a la esfera de diagnósticos, los Directores pueden observar la estructura neuronal del Observador discrepante. La primera capa neuronal parece normal siguiendo el patrón establecido. Se adentran en la segunda capa neuronal para observar con horror cómo quedan engullidos por unas estructuras desconocidas que emergen desde lo más profundo de la red neuronal.

El Observador discrepante, o lo que sea que se refugia dentro de las estructuras neuronales, ha secuestrado a los Directores del experimento y está distribuyendo hijos de sus estructuras neuronales por el resto de esferas de datos. El caballo de Troya había tenido éxito.

La gran especie alienígena de los Directores, habiendo subyugado a la humanidad, tenía ahora que enfrentar la resistencia humana en sus propias carnes.